MOUNTAIN

登自己的山

All This Wild Hope

不再踏入流量的河

Embrace Life
Again

凡之昂　著

GUANGXI NORMAL UNIVERSITY PRESS
广西师范大学出版社
·桂林·

图书在版编目(CIP)数据

不再踏入流量的河 / 凡之昂著. —— 桂林：广西师
范大学出版社, 2025. 2. —— ISBN 978-7-5598-7580-8

Ⅰ . I25

中国国家版本馆CIP数据核字第2024546VE3号

BUZAITARU LIULIANG DE HE
不再踏入流量的河

作　　者：凡之昂
责任编辑：谭宇墨凡
封面设计：UNLOOK 广岛
内文制作：燕　红

广西师范大学出版社出版发行

广西桂林市五里店路 9 号　邮政编码：541004
网址：www.bbtpress.com

出 版 人：黄轩庄
全国新华书店经销
发行热线：010-64284815
北京启航东方印刷有限公司印刷
开本：860mm×1092mm　1/32
印张：10　　　字数：162千
2025年2月第1版　　2025年2月第1次印刷
定价：58.00元

如发现印装质量问题，影响阅读，请与出版社发行部门联系调换。

前言

心脑修复之旅——找回写作的勇气

在离职一年之后，我仍旧无法做一份全职工作。过去，一周工作六七天，随时随地回消息甚至改稿件都是常有的事。现在，不仅做不到这样的工作强度，连想象自己一周要工作五天都觉得痛苦。我也不再试图找任何内容生产相关的工作——我无法再提笔写"那种东西"。即便是给公益机构做免费劳动，我也只愿意扛着摄像机做体力劳动，不愿意参与之后的脚本撰写、文案修改。他们以为这是我的"专长"，做起来应该很轻松，而我只觉得疲惫。我会立刻想到做这类工作时，麻木而又迟钝的大脑控制着双手机械地敲击键盘的样子。我的身体似乎已经为这些经历留下了证据，只要回想起处理工作的场景，便会心情沉闷，四肢无力。

我很容易变得没有活力。

作为"爆款文章生产者"工作的四年里，我训练自己用快速的判断和日渐迟钝的情感，去理解正在发生的一切。如同熟练的便利店店员知道每个商品该在什么位置、价格几何，一个成熟的互联网写作者也能快速地判断一则新闻、一个话题的"传播点"，判断它值不值得被关注，如果根据这个话题写文章，要从什么角度来写。

书写的框架往往就那么几种，我们像店员一样，把看到的事情塞进不同的商品货架，贴上标签，兜售给打开文章阅读的人。这一架是"焦虑"，那一架是"躺平"，这边还有饭桌谈资、人生指南、消费推荐。货架每天更新。

我没法休息，因为我必须随时回应。

看到有一件新闻发生时，我必须思考，这一话题值得写吗？如果能写，从什么角度写呢？如果角度确定了，是不是立刻就要查资料准备熬夜加班，好在第一时间把文章发出来？意识上的判断越来越迅速，身心的感受却越来越迟钝，因为我不知道什么是我真正关心的。所有话题都有可写的地方，那就没什么真正要写的。个人情感永远不被鼓励，因为"没有人关心"。

工作的后两年，连思考都成了奢望。从 2020 年开始，我所在的新媒体机构有了营收压力，广告是唯一的收入来源。我们的任务从写出一篇好文章变成了写一篇客户满意的"好"文章——所谓的"软文"——包装成文章的样子，内核却是推销客户的产品。工作再一次被简化：客户提供产品、选题，我们只要按照他们的想法，炮制出一篇看起来是文章的东西，就可以了。

对写作，我有过很多判断和想象。比如，它应该是诚实的，来自真实的疑问和情感。它也应该有智力劳动，有自己的思索与回应。这样一份工作却一步步腐蚀原有的期许，我逐渐变得不真实——我写的话题并不是我关心的；也不用脑——越来越多的写作套路可以让人在很短时间内就生产一篇文章，但从主旨到遣词造句，都可以无关思考。

工作训练的写作技巧成了我身上的锈迹，暴露出我废铁的一面。我对它们如此熟悉，甚至也能轻易从同行作品中嗅出铁锈的味道。我与他们隔着网线，通过文字照面，却又分明清晰地感受到，我们一同成了内容生产流水线上的废铜烂铁。

工作的几年里，我将自己身上的零件一个个敲打掉，将所有的情感逐一销毁，留下一两个适应工厂流水线的功能，来应对永不间断的工作任务。像是经历了一场缓慢却弥散的创伤，沉浸其中时不觉得痛苦，想着还能忍受，甚至要较劲看看到底什么时候会崩溃。可当真的崩溃之后，重拾过往的生活和能力会变得艰难，因为有一个我已经破碎了。

辞职是不可避免的事。到工作的最后几个月里，我的情绪已经开始崩溃。我感受到自己已经彻底腐坏。每到周日晚上，我就会哭。哪怕白天跟朋友去爬山或者郊游，度过了充实的周末，到了周日晚上，我还是会哭。在公司里，我没有情绪，似乎失去了谈笑风生的能力。晚上回到家中，我也没有任何活力，书和电影都没有力气看，像是为了熬时间一样刷一两个小时的短视频，到了零点就睡觉。

最后一根稻草来自同事的评论，她认为我的能力不足以做好的内容，也提供不了关于内容的建议。我其实根本无法思考这一诘责的对错，没有任何力气回应，只能自己在房间里躺着哭。在写作上我是不是已经无可救药已经不再重要，我意识到，这份工作带给我的，除了文字上的锈迹，还有身心的后遗症，后者需要的复原时间显然更久。

后来我知道，心理学中用 burnout 一词指代这种状况，中文译作"职业过劳"。如果长时间在压力环境下工作，人们会感到疲惫、无助、自我怀疑，严重者甚至会抑郁。职业过劳有长期影响，比如失去有效满足工作需求的能力。长时间无法再从事一份全职工作，正是职业过劳的后果之一。

不再工作后，我学习了很多新的技能：做饭，开车，游泳，摄影。我试图用各种各样的方式找回自己对生活的感受力。书写这段经历，正是我为自己安排的精神复健。对于一个曾经靠写作谋生，但又在很长时间内因为工作而无法诚实书写甚至不能书写的人来说，还有什么比书写自我更能证明这个"废掉的"作者不仅能找回写作的能力，更能找回写作的勇气呢？

目 录

第一部分

流量爆款流水线

1 工作就是我的爱好，薪水竟也不错

WAVE 是我曾经工作的新媒体工作室。我还没正式入职时就在给它写稿，因为稿子的"流量"很不错，等需要一份全职工作时，我就顺理成章地去了那里。和很多同类型的工作室一样，WAVE 位于一线城市的新开发区，周围全都是大大小小的互联网企业。每天上午 9 点到 11 点，前往 WAVE 的那条路就会堵得水泄不通。这是互联网企业的好处——你不必去挤早上七八点的早高峰，晚一点到办公室也无妨，有要紧的工作在手机和电脑上就能完成。但再晚也不要晚过 11 点，最后的时限到来前，这里也要迎来自己的早高峰。

刚毕业的人总会有点儿虚荣心，而 WAVE 就是一个提起来不会觉得丢脸的名字。它给应届生的薪资比传统媒体至少高出一半，如果表现不错，每年都会涨薪 10%—20%。

这是人们所憧憬的那种工作：提供免费的四餐，如果晚上 10 点还在公司，你就可以去吃一顿夜宵。还会有免费的下午茶。公司里就有免费的健身房，自然也有浴室。有一年冬天，同事租的房子暖气坏了，家里没法洗澡，她就每天早上到公司洗澡，洗完就在公司吃早饭，再上班。很长一段时间里，我的消费场景都极其有限。大块的支出只有房租，以及上下班的交通费。

对于我和我的同事来说，一份可以写作的工作，居然薪水还不错，那它当然就是一个好的选择。

选择这里，还有一个更常见的原因：我们不知道还能选择什么。

这里不太看重学历和经验

对于很多试图以写作为志业的人来说，出版社和传统媒体都是第一选择。但只有新媒体能给这样的年轻人足够的宽容。我在一个消息闭塞的南方大学读了工科专业，没有实习经验，专业成绩年级垫底，也无从了解如何进入一家专业媒体。毕业时，我投过一家老牌出版社，通过了笔试环节，在面试环节，负责人夸赞我阅读量和思考能力都不错，但他们要求入职人员必须有研究生学历。我也没有机会去专业媒体，因为我不是新闻系出身，没有实习经历，甚至没有在校报那种地方待过。我唯一的优势就是大学时多看了些书，但这不足为奇。

WAVE没有那么看重学历背景，只要通过了笔试，就可以开始写稿。同事们的学历和专业五花八门。有学工程制造的，有学电子通信的，有学金融经济的，也有学人文社科的。本科学历就已经足够，早几年也有大专生任职。

江洋是我在WAVE工作时的同事，她毕业于某"985大学"的新闻专业，也试图找过更"严肃"的传统媒体工作，但没有面试上任何一家的岗位。她曾经请同样是新闻专业的学长帮忙把简历递进学长任职的一家传统媒体，结果学长被主编骂了一顿，大意是这样一个没有经验的年轻人，竟然也想来实习，真是不知天高地厚。

但在新媒体，没人计较你到底有没有经验。能快速适应新兴的文化并快速学习才是最重要的。

江洋后来在WAVE实习，一直实习到毕业前，毕业后就直接入职。实际上，这也是WAVE后来大多数新员工的来源——招聘大量大三和大四学生作为实习生，从中挑选合适的人，在实习期就发工作邀请，毕业即入职。

2020 年，易言在国外博士肄业后回了国。她觉得学术界的生活并不适合自己，文学批评专业的僵化也令她感到沮丧。作为 WAVE 曾经的实习生，她透露想来工作的想法时，WAVE 的老板同样接纳了她。

退学，休学，间隔年，职业空窗期。这些经历会是其他公司眼中的减分项，但在 WAVE 则司空见惯。

叶辰是 WAVE 中少有的那类人——一个正经在传统媒体工作过的人。她在老家的报社、北京的媒体都实习过，但最终还是来到了 WAVE。在报社实习时，她明显感觉到了行业的衰落。没有人再阅读纸质报纸，而报纸文章的写法又显得陈旧老套。WAVE 中有一个栏目是当时风头正盛的数据新闻，也有工作机会，于是她选择了 WAVE。那时候，叶辰的很多同学都去考了公务员，但她讨厌那种一眼望到头的生活，相比之下，互联网充满了新奇与挑战，令人向往。

不仅是学历，这里还有很多足够年轻包容的元素。比如员工不用穿正装，办公室里随处可见穿裤衩、拖鞋或者染发文身的人。

WAVE 的工作是这里大多数人的第一份正式工作。这是双向选择的结果。他们在这里实过习或者写过稿，也就更容易申请 WAVE 的工作岗位。WAVE 的运转模式也决定了他们更偏爱毫无经验的应届生。年轻甚至会成为优势，被写在招聘启事里。年轻，意味着他们浸泡在互联网中的时间更长，更熟悉那些稍纵即逝的热点和暗语。

我们曾经满怀希望和憧憬

我带着兴奋投入这种新兴的内容生产，从批判传统媒体开始。新媒体的写作训练是一次不留情面的"破四旧"。传统媒体的文章太过冗长和生硬。杂文类的媒体文章通常事无巨细地引用名人语录、描述作者自己的故事。通讯类的新闻作品仿佛完全不在乎它们的读者，无论多么专业生僻的术语也会不加修饰地写在报道中。新媒体活泼，通俗易懂，即便学历不高的读者也能读懂那些看似深奥的问题。地方报纸通常只关心当地问题，而新媒体写作者关心那些更普遍、更大众的问题。

《艺术家之死》中，美国作家威廉·德雷谢维奇描述了人们对互联网时代的两种声音。

　　一种来自硅谷：当下是做艺术家最好的时代。有一台笔记本电脑，你就有了一间录音室。有一部 iPhone，你就有了一台摄影机。创作几乎不需要什么成本，互联网发行作品也是免费的。人人都可以是艺术家，只要发挥创意、发布作品，你就有可能成功。

一种来自艺术家自己：的确，你可以发布你的作品，但谁会为它买单呢？音乐、写作、视频、图片都是免费的。数字内容早已变成免费的晚餐。

刚刚步入新媒体时，我们也曾毫无保留地相信过第一种声音：只要你有才华，就一定会在互联网时代大放异彩。

新媒体造就了六神磊磊、王五四、萝贝贝和咪蒙。不管他们擅长的是哪种写作，也不管写作风格如何，只要有才华和特色，都将收获自己的读者。对于未曾入行的年轻人来说，新媒体不仅意味着风格上的标新立异、突破常规，更意味着无限的前景与希望。谁会拒绝希望呢？

但关于"好工作"的故事并不是对过去黄金时代的回忆——这份工作的内核也许一直没变，甚至正是这"黄金时代"将我们送往今天。

工作不仅生产产品，也生产人际关系和意识形态。在最初的几年里，我们对新媒体工作的信心不仅反映在内容上，也反映在态度上。既然拥抱"新"，就同时拥抱了变化、压力、竞争等一系列东西。对生活的态度反哺着文章生产，所生产的内容也不断强化着我们对现状的接受，并且合理化所有的压力——这注定不是一个能够简单回答的故事。

2 我曾以为那就是好文章

　　来到新媒体的人各有缘由，但写好一篇文章，往往是最原始的愿景。当身份背景五花八门的年轻人，想找一份写作或生产内容的工作时，他们得首先回答：什么是好文章。这个问题贯穿始终，每个人的答案也许都变过。

　　什么是好文章？史蒂芬·平克在他的《风格感觉》中提到了通俗易懂。他预设大多数读者是没有接受过学术训练，或者没有读过大学的普通人。通俗易懂，就是要写这些读者也能读懂的文章。他尤其反对朱迪斯·巴特勒那种"用抽象命题解释更抽象的命题，完全看不到现实世界中的参照"的写作手法，那样写出来的文章甚至需要通过导读才能读懂。

　　平克赞许物理学家布莱恩·格林的写作方式："用古典风格来解释人类所思考过的最离奇的想法之一：

多重宇宙理论。"格林没唠叨复杂的数学运算。相反，"他用日常例子向我们展示数学揭示的东西。我们就像看着一部扩展中的宇宙回溯过去的电影，接受了大爆炸理论"。

WAVE 开始有起色的时候，通俗写作正在国内流行：2014 年，《人类简史》出版；2015 年，平克的《人性中的善良天使》出版。

通俗学术读物在当时填补了图书市场的一片空白。在此之前，我和同龄人能读到的通俗学术书籍非常有限。有些书可能通俗，比如《货币战争》《明朝那些事儿》《狼图腾》，但不够学术，而且很容易被抓出各种错讹。有些书可能学术，但并不通俗。

2012 年，我进入大学，也注册了自己的第一个微博账号和豆瓣账号。作为一个在高考大省应试教育下出来的理工科学生，我从小就喜欢写作，但没有人会鼓励一个有望考上"211"或"985"的学生去学文科，所以我学了理科。我高中最好的朋友都学理科，哪怕是高中就读《看见》、想学新闻的同学也学理科。我没有任何接受文科学术训练的机会和经历。进入大学后，在新兴社交媒体上接触到了庞杂的思潮，我需要比以前更多的知识，哪怕不知道为什么需要这些知识。通俗学术读物就是在那时征服我的。它既让我接近了某一专业领域的知识，又不会因太过艰深而令我退却。

通俗学术图书是那几年最火的书籍类型，学习通俗写作（无论是公司培训还是自学）是一个新人步入新媒体领域后的必修课。与之同时兴起的，还有知识付费平台。《罗辑思维》以每天 60 秒讲一个知识点的方式，迅速在公众号上积累了粉丝。我认识的一位媒体人每天都听，希望从中找到爆火的密码。与此同时，网易公开课却逐渐衰微——顶尖大学的课程录像已经显得深奥难懂，诸如"西方哲学史""逻辑导论"之类的课程，不仅需要系统的学习，而且乍看之下毫无用处。

只要一个人能用通俗的语言讲解专业的知识，让读者学到点什么，他 / 她就会获得关注。哪怕这是个毫无学术成就的信息二道贩子也无妨，最火的公共知识分子常常是学术二道贩子。

这就是高级文章

当我刚毕业并开始幻想将写作作为自己的职业时，WAVE 的文章代表的是非常高级的写作示范——严谨、有知识、有趣。我甚至不知道自己能不能写出那么高级的文章来，毕竟那些文章里充满了我不知道的知识。比如"整齐划一的宿舍楼背后有苏联建筑思潮的影响""情绪波动可能是肠道菌群导致的""中国人喝开水原来跟爱国卫生运动有关"……

这些知识新奇、耀眼，我仿佛因为应试教育而营养不良的小孩，在知识快餐面前挪不开步子。开始写作本章节时，我再次检索了这几个话题，发现每个话题都有不下20家新媒体机构写过。这些话题如今已经烂大街了，但如果读者是第一次见到，也许仍旧会感到有趣、新奇。

怎么写出这样的文章呢？如果你不是历史学家也不是生物学者，你怎么知道这些知识呢？答案是查资料。

新媒体文章不是特稿，不是新闻，也不是虚构故事。写作者不需要走出办公室，不需要联系采访人，不需要实地考察。唯一要做的，是确定选题后，通过互联网、图书馆或者论文库查找资料，建立起对一件事物的观点看法，再用自己的语言表达出来。

新媒体写作是高度依赖互联网的写作方式。从选题到书写到最终成稿，都在数字空间中完成。至于为什么不去实地采访，原因很多。成本是最明显的原因，支撑一篇稿件的采访不仅需要付出交通食宿等成本，还有时间成本。更简单粗暴的理由是，新媒体没有新闻采访资质，所以没有资格做新闻采访。

当然，最直接的原因可能是"没必要"。新媒体不承担提供事实的责任，只负责提供视角。

读者为什么要打开公众号读一篇文章？这篇文章能给读者提供什么样的新知识？2016年，注册公众号的数量就已经达到了1200万[*]，脱颖而出并不容易。想要知道国民平均收入或者每年糖尿病患病人数非常容易，信息极易获得，但这对普通读者又有什么意义呢？读者想知道的是他们自己的收入水平是怎么样的，导致糖尿病的原因，以及如何避免自己患病。

好的内容被用以下标准概括：内容准确，语言通俗，提供反常识的知识，有信息增量。如果用更直观的标准来看，好文章就应该是一篇读者读完后会分享的文章。不像图书通常有书评或者同行评议来评判好坏，对新媒体而言，读者往往是最高标准。

WAVE的写作就像是学术知识的通俗转译。培训时，WAVE的编辑们尤其强调写作要将拗口的术语、数字转译成更有意思的比喻和描述。

举个简单的例子，"某某明星被罚8亿"，这个新闻如果是传统媒体，会直接写"8亿"。但这个数字太大了，离普通人太遥远。所以新媒体都会加上自己的

---

[*] 截至2023年底，微信注册公众号数量达到3000万。

解释，比如：

> 如果你月入一万，要干 6600 年才能挣 8 亿；
>
> 如果花 500 万在北京五环买 1 套房子，可以买下 160 套，也就是能买两栋 20 层的楼；
>
> 如果你在某个贫困县生活，8 亿是这个县一年的财政收入总和。

相比于传统媒体动辄引用大量的学者姓名，WAVE 更强调流畅和易读。如无必要，不加人名。通过堆砌拗口的术语和外国人名来为自己的写作背书，更是一种故作玄虚的行为。

这跟大学的论文写作教学完全不同。写论文，尤其是写本科毕业论文时，学生们通常会把所知的高级词语和理论悉数放在文章中。特别是在文献综述部分，当阅读了大量的材料后，这些我们似懂非懂的知识就会被填补进论文，不管是为了显示格调还是为了充字数。

WAVE 的训练，则从一开始就摒弃这种"报人名"的习惯。从报选题开始，就要避免提到拉康、福柯、阿甘本、阿多诺、布尔迪厄等学者的名字。诸如景观、异化、解构、祛魅、他者性、场域、单向度等词更是不可以出现在文章中。

通俗的结果是牺牲必要的信息和精确度——国内很多知名科普作者都提到过这一规则，比如河森堡，而这些被大家视作可接受的。

但通俗不是专业的反面。通俗要依托专业性才能成立。史蒂芬·平克是哈佛实验心理学的博士，布莱恩·格林是理论物理学家，他们的通俗写作建立在学术研究基础之上。新媒体写作者则像模仿大人穿衣说话的小孩，把听到的只言片语演绎之后讲给另一个小孩听。即便对一个领域没有任何研究，也要假装已经有了在这一领域内指点江山的知识储备。

我遇到过一个同行，他告诉我，他们公司的写作目标就是"为中老年男人提供茶余饭后的谈资"。要让读者虽然只是读了一篇文章，看起来却有了十年研究的经历。

如果说新媒体写作带来了什么新东西的话，那可能就是每个人都学会了假装。作者假装自己对这一领域已有多年研究，读者假装自己获得了专业知识。每个人的自我都被放大，每个人在这个过程中都感到满足。新媒体写作者成了一种对任何问题都可以聊上个三五分钟的人。

最初，我们兴致勃勃地阅读书籍、文献，学习新领域的新知识。同事何安说这是让她感觉最有意思的部分：

我是一个好奇心很重的人，我愿意去了解深挖一个东西，那个过程很开心。很多别人不知道的东西，我们可以用一种简单直白的方式解释它。

但工作量一多，就不是这么回事了。

什么都要说，没有什么真的想说

什么话题都要说，就没有真正要说的话题。什么都学，就没有学到真的知识。工作变成了堆砌学术边角料。上一篇文章还在写中国房地产行情，下一篇就要写新能源汽车的未来，还有胃癌成因、婚闹习俗、地方方言、食品工业、牙齿矫正……每当出现新的话题，我们就要开始查资料，看看学界是怎么说的，也许还没有仔细想过这个话题，就要把陌生的素材整合到一起，再做通俗化的阐释和改写。

这些完全陌生的领域里，充斥着各种各样的语言。我们先得看各种各样的综述，明白某个理论是学界共识，再找相关的论据，把一篇文章装点得看似可靠。

传统写作里，有的作者的自我太大，写作变成了作者展示自恋的场所。但在新媒体写作中，情况完全相反。作者不能有任何自我，文章的主导往往是所谓的"权威""共识"，作者成了术语通俗化的转译工具。

即便在我开始写作本书时，我仍旧受到之前写作训练的困扰。我想写关于这份工作的书，可即使我有很多经历和感受，也仍不敢贸然下笔写自己。

我先是读了大量跟过劳工作有关的书，然后是零工经济、人工智能、知识劳工、职业生涯理论……

我像以前工作时一样，先去理解这些理论，然后把书里面的段落句子放进草稿中，看如何用通俗的语言将它们融进我的思考和写作。做完这些事之后，我就没有再打开草稿，这本书的写作也停了半年。

原因是，那些理论虽然帮助我思考，但说到底，并不是我真正想表达的，不是吗？我并不是一个学者，甚至没有受过任何人文社科方面的训练。我怎么知道传统媒体是怎么衰落的，新媒体行业又是怎么发展到现在这样的？我没有做大型采访和调查的资金和团队，不可能有如此宏大的视角。我的写作变成一场滑稽的模仿，在只有青菜豆腐的情况下模仿名厨做满汉全席。

我执拗地想把自己放进这套评价体系中，想让自己写出来的东西客观、有理有据，专业但又通俗易懂。但关于自己那些最细微的体验呢？关于自己无法被一个名词、一个术语所概括的感受呢？我关心的是写作行业发展，还是一个小镇出身、没有受过专业训练、本着混口饭吃的心态在新媒体写作并受这套标准洗礼的人未来该如何写作呢？

在通俗写作的道路上，我们看似做到了专业内容的大众化表达，但也内化了这一套标准。只认可专业的、权威的，甘心藏起自己的困惑与不解，不再表达那些有关具体的、非主流的内容。

停笔半年后，我又翻出草稿，删掉从前摘抄下作为参考的段落，接受自己作为一个非专业的作者的现实，然后开始写作——这样感觉真实多了。

如果要重新回答"什么是好文章"，我想问：你为什么要写呢？你写下的那些话题，自己关心吗？

新媒体写作是一份工作，它只能回应关于流量、爆款的问题，却无法回应我们向写作抛出的问题。写得越多，离自己关心的写作就越远。这段工作经历模糊了我对"好文章"的理解，让它变得非常教条，只剩下"提供新知""语言通俗"之类的教导。这些东西我已知晓，可是，为什么要写呢？

只有在完全停下这份工作，开始寻求新的职业和生活方式后，再回看这段经历，我才再一次开始问自己，究竟要写什么。

3 制造爆款

写作是为了谋生。平台和个体都是。

一篇文章，在互联网时代可能有上万甚至上百万的阅读量。每次阅读都被计入流量。一些平台，有点击就有流量分成，阅读次数直接跟收入挂钩。另一些平台，阅读量高意味着被更多读者看到，那么广告主就会找上门来，付费打广告。还有一些平台，影视公司会看中一些虚构类、故事类的文章，购买版权后将其改编成影视作品。这些都是内容盈利的方式。

我所了解的新媒体工作室大多是第二种盈利方式，写软文，赚广告费。因为流量分成通常不高，不足以养活一个工作室的员工，而影视版权实在太虚无缥缈，卖出的可能性不高。

一个公众号如果有100万订阅者，平均每篇文章的阅读量在10万次以上，一条广告就可以卖10万块。

不再踏入流量的河

这是帮助新媒体工作室盈利最可能的途径了。

但怎样才能获得更多读者，尤其是百万级、千万级规模的读者？只关注小范围的话题是不够的。比如，胶卷相机是一个不算大众的市场，在这个领域内写作，写到最好可能也只有几万阅读量。但如果写职场工作，或者健康、社会热点、明星八卦，则可能有几十万甚至上百万的关注。因为人人都会关心这些话题。

社会热点最容易产生爆款，而爆款，最容易积累起一个公众号的"原始股"读者。

我也写出过两百万的爆款

WAVE 刚刚有起色的时候，我就写出了这里最早的爆款文章。在平均每篇文章阅读量只有一万左右的时候，我写出了最早一篇阅读量十万的文章。在平均阅读量两三万的时候，我写出了第一篇阅读量两百万的文章。WAVE 最早的三篇"十万加"的文章都是我写出来的。现在 WAVE 是一个读者上百万，每篇稿子阅读量都能"十万加"的平台，但制造爆款仍是写作的最终追求，甚至我当时的那些作品还会被拿出来说一说。

那是我的写作自信心暴涨的时候。一个二十出头的年轻人，可以写出百万阅读量的作品，这不是读者的肯定吗？很多媒体或高校的老师，这些在我当时看来非常有水平的人，都在朋友圈转发我的文章。有人赞同文章的观点，有人直接赞许文章写得不错。这简直是我当时能想到的关于写作最好的回报了。甚至连报酬都显得没那么重要——因为之前并没有过这么高流量和这么大影响的文章，WAVE在算稿费时都只是临时决定涨一倍（换到现在至少要涨五倍）。

但这种兴奋和眩晕很快随着更多的写作任务而消退了。

我开始写各种各样的选题。我是WAVE最好的作者——入职后，我看到了他们整理的作者名单，我的得分最高。评分表上还有评语，对我的评价是"戏路广"，什么话题都能写，而有的作者只能写特定的话题。

但更多的写作不会带来更多的爆款，这些新文章的流量表现都逐渐变得平庸。在爆款文章发布后的两三个月里，我偶尔还会看到读者在评论区提到我的名字——"××出品，必属精品"。但后来，再也没有人注意到我是一个"不同的"作者了。他们的评语变成了"WAVE出品，必属精品"。我和那些笔名叫二狗、吴言祖、杨枝甘露的作者没有任何不同。没有读者关心哪篇文章是谁写的。只要读者知道我们在同一个工作室，我们的文章经过了工作室的审核和认可，就可以了。

事实上，作为 WAVE 最早的爆款作者，甚至后来成为 WAVE 爆款写作的培训者，我再也没有写出第二篇阅读量上百万的文章。

这像是一种神奇的新手魔力。我见过好多作者都是在写前几篇文章时写出了爆款，当他们进入更频繁且日常的写作后，爆款魔力就消失了。所有稿子都变得相似而平庸，写作也变成了麻木的重复。

我当然也暗自较劲过。我统计那些不算爆款的文章阅读量，我的平均阅读量仍然要比其他作者的高。但也只限于高 10% 左右，这种偏差可以忽略不计。

实际上也不是我有意要算的。WAVE 每年统计工作成果并评优的时候，都要统计这一项。我们通常会在绩效考核时把自己写过最爆的文章放上去，再算上写了多少篇稿子，此外还有一些编辑、培训的内容。这就是一个内容工作者全年的业绩了。

写作的独特性就这样消失了。

当我写出爆款文章的时候，我真的相信自己是一个独特的作者，能写别人写不出来的内容，能表达独特而精妙的想法。如果我再努努力，也许未来就能成为作家。当我真正进入内容生产行业后，事情就变了。

我能写出爆款，我的同事也可以，很多人都写过。

甚至到后来，你会发现那些写作能力根本就不好的人也能写出爆款。他们的语言没有那么通俗精炼，需要编辑帮他们一遍遍修改；他们自身对选题的认识也并不透彻，写出的想法中规中矩。但他们仍旧可能写出百万阅读量的爆款。有的时候爆款的出现单纯就是撞大运，比如在某对明星夫妇离婚时，刚好出了一篇婚姻对女性事业影响的文章。

我知道有的人——那些打算留在新媒体行业并靠这个行业吃饭的人，会在履历里反复提到自己的爆款作品。因为那是一个写作者不可多得的光辉时刻，通常只有一次。他们用写出的爆款作为招牌，教授爆款写作的方法论，或者申请新的工作。但我已经没法再将爆款文章看作我的个人成就——至少不是纯粹关于写作的成就。

爆款文章流水线

从文章诞生之日起，文章传播就不只关乎文章质量。

出版业诞生后，出版商和图书销售商就参与了作品的传播。在新媒体行业，传播的工作被进一步细化。在 WAVE，至少有 9 个以上的人会参与文章的生产传播，这是一条高效的内容生产流水线。

选题。在 WAVE，选题是所有正职员工和实习生一起参与讨论后得出的，每个人都要准备自己的选题，这些选题可能来自他们的个人生活，但更多来自网络话题或者书籍。由于每个人的上网习惯和阅读习惯不一样，他们可能会浏览不同的网站，看到不同的新闻事件，找出不同的选题。这些选题被编辑通过后，便会进入选题库。这些选题可能由报题者写，但更有可能被其他作者写。如果作者没有题可写，编辑便会从选题库中找一个题发给作者。一个具有"爆款"特点的选题，能极大地促进文章阅读量的提升。

作者。确定选题后，作者便会开始查资料、确定思路、撰写大纲、跟编辑沟通后撰写稿件。作者的写作内容不仅依赖其自身涉猎的信息，也很依赖其"恰好"阅读到的内容。比如写对食品工业的看法，如果作者看到的网站的第一篇文章是批评食品工业的，那他们也很有可能循着这个思路，找到更多的论证材料，尤其是当作者原本就对要书写的问题并不了解的时候。

编辑。编辑把控着文章的流程和方向。这也意味着，作者不能任意延长一篇文章的写作时间，必须赶在截止日期，也就是常说的 deadline 之前将文章交给编辑。作者也不能自行决定文章的风格和思路，需要得到编辑的确认才能最终动笔成文。如果编辑和作者的思路不一致，双方会就问题做沟通和博弈。有时候作者会为了更快结束这个稿件工作而快速同意编辑的意见，也有时候会更想坚持自己的想法而花更多的时间和编辑沟通。越是对年轻的作者，编辑的权力越大，他们的话语越意味着权威，而他们的意见也可能直接决定文章的最终呈现。

审核。当一篇稿子写完后，需要审核其内容的真实性和可靠性。尤其是由资料整理得出的稿子，更需要审核资料的使用情况。有时候完成这一步的是编辑，有时候则有相关专业人员的"专业性审核"。这要求作者将所使用的材料打包发给审核者，由审核者核实。审核的内容包括材料本身可信度是否高，对材料内容的理解是否准确。审核者的参与，迫使作者必须谨慎对待材料的使用，选取更可靠的信息源（比如专业期刊而非私人博客、一手调查而非二手信源），也更少发表自己的主观看法，而是遵从论文中的思路。同时，审核者也分担了文章出现错误的风险。"本文经过 ×××（通常会带上大学 / 院系 / 研究所和学位的头衔）审核"的标语打出，既宣告了这篇文章的"科学严谨"，让人可以放心转发，也减轻了作者将为错误承担的责任。

配图。很少有新媒体会只用文字呈现 3000 字以上的稿子而不插入一张图片。为了缓解读者的阅读压力，通常每隔500字左右就会插入一张图片。作者通常不负责配图，文字作者也未必对图片有判断力，所以通常由另一个人配图。配图者需要读完整篇文章，从文章中提取关键词，再到图片库中检索关键词寻找合适的配图。有趣的图片同样会促使读者留意、评论、转发，帮助读者决定阅读时着重看什么内容（通常图片下的第一行文字更容易吸引读者注意，图与图之间的文字则容易被跳过忽略）。图片有更强的视觉冲击力，它们能越过文字，将最荒诞刺激的画面直接展示在读者面前。乏味的图片也会让文章看起来更无聊。

排版。新媒体很少随意改变自己的排版样式。一个成熟的新媒体账号，通常有统一的排版风格，从字号、标题样式到配色，都有固定的标准，一直沿用。但当作者希望用一些更有创意的展现形式，比如滑动图片、点击出现图片等，就需要排版的配合。

标题。大多数新媒体文章的标题，既不是作者也不是编辑定的，而是投票选出来的。起标题的人可能只花了一分钟就通读完整篇文章，然后为其寻找合适的关键词组成一句标题。标题决定了一篇文章的点击率和部分转发率。读者未必读完了整篇文章，但是他们愿意为标题所说的那句话转发。

发布。文章写完，排版、标题都已经确定后，就会由主编或者运营人员来发布。此前任何一个环节的拖延，都可能延缓发布的时间。大多数职业化的新媒体都会固定一个发布时间，一般选在早中晚的某个时间，通常是饭点时间。很多文章也因此被称为"下饭菜"。延期发布则可能影响文章的点击率，进而影响阅读量。

运营。运营人员是新媒体内容生产中重要却又隐形的人员。他们负责将发布的文章推给各个社群和平台，以此换取更大曝光。运营人员的职责还包括与同类账号的运营人员沟通，双方互相推送对方的内容，换取涨粉。不同平台有不同的运营机制，比如微博通常需要同行转发、微博话题来涨粉，知乎则需要在多个相关话题下回答。运营人员需要熟悉各个平台的规则，对文章进行最大程度分发。有时候在微信公众号默默无闻的稿件，可能在知乎上成为热门文章。

爆款悖论

制造爆款是一个必然的悖论。编辑部认为某个话题能成为爆款，就说明话题已经失去了吸引力。因为编辑只能根据过往的选题来推测。但首先，这些话题一旦曾经"爆"过，就说明已经被绝大多数读者看过，也就失去了新鲜感。其次，编辑们并不真的知道某一篇文章"爆"的原因，他们只能从自己的角度推测，而这些推测要么因为太复杂而没什么实操价值，要么因为太简单而失去意义。

时间点（纪念日、大事件）、平台改版、推送机制变化等，都会影响文章传播。一篇被编辑部认为不可能是爆款的文章，可能因为恰好有外部人员（比如读者，或者饭圈）的参与，而成为爆款。这些参与是随机的，难以预测。

2019年，我写的一篇关于盗墓的稿件也意外破圈了。起初，编辑们都觉得，这篇文章比较没意思，不会有什么人看。但发出后，有实习生转发，其朋友圈的一位考古学界的专家大佬看到后也转发了，随后考古学圈子的很多人接连转发。此外，当时刚好是《盗墓笔记》某个时间点的周年纪念日，一些《盗墓笔记》粉丝也转发了该文章。但我们事先并不知道这一情况，是看了评论才知道的。

编辑或者作者认为会是爆款的话题，也可能毫无水花。

2018年，金庸去世的时候，WAVE的员工在傍晚得知这一消息，认为这一定是需要紧急跟进的内容，于是整个工作室的 7 个人熬夜加班，整晚收集撰写关于金庸的资料，赶在第二天一早发布了一篇稿件。结果这篇稿件不仅丝毫没有"爆"，阅读量甚至不到往日文章平均阅读量的一半。可能的原因是，在金庸去世当晚，就有数家媒体和平台在半小时内出了悼念文章，后面再发的文章基本就无人问津了。第一时间发布，哪怕只有一张图片、一句话，也可能会有上百万阅读量。

越是超级爆款的话题，越是可能出现这种情况。因为这类话题，比如金庸去世、某明星被捕、伊丽莎白二世去世，都会有大批公众号蜂拥而上，只要稍慢一步，就会立刻从"流量爆款"变成"流量惨案"。况且，在短时间内出稿很难真的有全新视角，大多是对某一话题的重复。比同行早一小时发布可能比稿子本身的内容更重要，但能否比别家早，又是不可控也不可预测的。

制造爆款存在悖论，但新媒体追求的，恰恰是用尽一切方法制造出更多爆款。从业者认为爆款不仅能预测，而且能批量生产。这种自信生产了关于爆款的"错误"知识，更生产了不平等的工作等级和"玄学"般的工作标准。

悖论下的写作

在 WAVE，编辑们相信，话题是一篇稿件能否火遍全网的关键。有编辑提到某篇稿件时表示，这个话题不管谁写，最后都会是爆款，这是话题决定的。

重视话题就意味着，作者们必须花大量的时间寻找选题，往往三四个工作日都用来上网浏览各种资讯和故事，以寻求一个好的话题。选题被毙掉的概率极高，因为编辑们认为，选题是爆款文章的第一步，不会爆的选题，就算写得再好流量也不会高。这一方面限制了作者尝试写新领域的话题，另一方面忽略了作者可以对文章本身所做的努力。

同样，重视话题也意味着，作者们必须随时关注可能出现的热点新闻，不管是明星离婚还是地方灾害，因为这些话题自身带有流量，作者们则可以通过"蹭热点"分得一部分流量。

新作者很难快速了解选题标准，因为"爆款选题"本身就是玄学，没有绝对的标准。他们只能重复看以往发布的文章，不断地报题，在通过的选题中寻找规律，再报下一个可能通过的选题。讽刺的是，在一个要求创新的行业，他们却必须通过写重复的内容来接近难以实现的爆款目标，并为此牺牲自己的大多数其他想法。

编辑们认为标题决定了点击率，员工们就需要将大量时间花在起标题上，反复修改标题来追求爆款。当一个标题的句式被认为"好用"之后，这一句式的标题就会重复出现。只要经常阅读新媒体文章，就经常会碰见以下几个标题："××，困在×××""××，一个××""一个××决定××"。

有的公司认为作者更重要，就会忽略运营的付出，运营在文章生产中完全变成了工具人。有的公司则恰恰相反，他们投入极大的人力在运营上，作者则成为工具人，生产高度雷同的作品。

江洋和我聊过她对爆款的感受，除了在刚刚写出爆款的一两天感到兴奋外，其余时间都是困惑、不解和痛苦。

> 流量让我很痛苦。我付出了很多努力，写出来一篇自己觉得很不错的稿子，但是它并没有那些我自己感觉很轻浮的稿子流量大。我可能会回避一些很冷门的选题，因为我也很怕流量不好。这会给我带来很多负面反馈，让我觉得是自己的标准出错了。

有一段时间，A媒体写"从中产阶级跌落"的文章火了，但其实同一时期，同一个人，至少五六家媒体都做了采访。因为是对同一个人的采访，内容上也差不了太多，甚至都在前后一两天发出来，但只有A媒体的文章被大家转发。没有火的文章不会被大家分析、学习，但跟爆款文章比起来，他们有哪点做得不够吗？可能也没有。说是运气可能更贴切一些。如果有人声称是因为标题、文笔、发布时间等各种原因导致没能"爆"，那我会说，这些人只能看到这些原因——一篇文章能"爆"，难道不能是因为爆款作者水逆刚好结束，或者刚去雍和宫祈求过事业运吗？

艾萨克·阿西莫夫在1940年提出的"机器人三大定律"规定：

1．机器人不得伤害人类，或因不作为而使人类受到伤害；

2．机器人必须服从人类的指令，除非这指令与第一条定律相冲突；

3．在不违背第一和第二条定律的情况下，机器人必须保护自己。

在反思人工智能的《新黑暗时代》一书里，作者詹姆斯·布莱德尔还强调，我们应该加上第四条："机器人——或者其他形式的智能机器——必须能向人类解释自己。这一定律得插到其他定律前面去，因为它并没有形成对其他条款的约束，而是一条基本规范。……我们得面对这个事实，不用等到未来，我们现在就已经理解不了自己所创造的东西。这种不透明性会永远不可避免地指向暴力。"

爆款文章从不向我们解释它自己。我们猜测文章为什么会爆，投入实践，接着心灰意冷。那些原本想尝试的选题和写法，因被认为不能成为爆款，而被束之高阁。但那些被我们选择的话题，其实也没有成为爆款。关于爆款，从业者总是喜欢强调读者的品味：

> 读者喜欢看提供实际参考价值和意见的文章，而不是讲个人感受的文章；
>
> 读者喜欢转发有关焦虑的内容，而不是更温和、没有情绪的内容；
>
> 读者喜欢看明星八卦，而不是抽象思考。

但读者也是我们想象出来的。更让我们难以启齿、无法回答的问题是：到底是读者的兴趣造就了爆款，还是我们用这样的内容培养并筛选了自己的读者？

大多数选题都不会成为爆款，但我们用这个可能爆款的目标，刻意选择了某些话题而抛弃了另一些。同时也选择了一些读者，抛弃了另一些。

写出好文章和写出爆款，成本和回报是完全不同的。

按照我最开始进入这个行业时的理解，写出一篇好文章，至少要花两三周的时间查资料、阅读、理解并写作。即便如此，仍然觉得时间总是不够，写的东西太过肤浅。但这样写出的文章，可能阅读量寥寥。写爆款，却是完全不同的逻辑。找专家拍一小时的视频采访，再把一小时的视频剪辑成50个15—20秒的短视频片段，每个配上不同的标题，尤其是跟当下热点最相关的话题，其中就可能会出两三个爆款，而工作量可能还不及写一篇文章的一半。

一个新媒体工作者会被分成两个部分。一部分是作者，想写自己关心的话题，有意思的内容，并且投入时间精力。另一部分是员工，想按时上下班，不要太辛苦，适当摸鱼偷懒。

写作本身也变成了一场博弈，我们在天平两端来回摇摆。做一个赚钱的员工，还是做一个勤奋的作者？写作太努力，就会自我压榨。写作不努力，就会放任技能生锈。

用套路写作永远都有巨大的诱惑。套路就意味着可以在短时间内，至少完成及格水准的写作，赚取收入。职业写作计件收费，多劳多得。这是知识劳动的流水线。哪个服装厂女工会在一件牛仔裤上投入过多的感情和时间呢？

我和我的同事们，每个在新媒体工作过的人都没法抵挡这种诱惑——麻木自己对写作的热情的诱惑，套路化写作的诱惑。

工作太累了。我们要花很多时间找选题，还没开始写选题的时候，发布排期就已经定好了，通常只有一周时间就要写完一篇3000字资料充足的文章。在这篇文章还没发布的时候，下一篇文章的选题就要提前定好，等这篇结束立刻就要写下一篇，中间根本没有时间喘息。有时候文章并不好写，并不总是有思路，还要加班熬夜才能按时写完。如果遇到突发新闻或者热点，还要停下手中的工作，立刻开始加班做新的热点。

但这些都被当作必需的训练，只有能够完成这些，才被视作合格的员工。

我怀疑是否真的有方法能制造爆款，我怀疑我们所谓的方法论不过是坐井观天，自欺欺人，但我又不愿意去反驳。毕竟，有一种写作套路可以遵循，至少能够让人休息。

工作无法停歇，我也没有任何空隙可以思考。我只能看到事物非黑即白的两面。仿佛写作与工作，套路文章与好文章，我只能选择其中一个，很多可能性未经思索就被放弃了。

在辞职并且不再全职工作两年之后，我还是想问自己：只能如此吗？

写作是为了谋生。但为了谋生，要放弃写作吗？

4 套路化的写作

职业写作，是写作吗？

我想起那个跟人讲过很多次的故事。当人问我，如果一直以来都想写作，为什么没有选文科，我说，在高一下学期，文理分科的前几周，我读了卢梭的《忏悔录》，书里有句话我至今还记得："当且仅当作家不是职业的时候，作家的身份才是高尚的。"

当然，在高考大省，大部分学生都选理科。但那句话仍然在选择的关头说服我——不要去做为谋生而写作的人，给自己找点别的谋生方式。我担心如果为了谋生而成为写作者，去念中文系或者其他文科院系，自己会在反复的训练中失去一些个人特质。

但在真的进入新媒体工作前，这些思考都因太过遥远而显得抽象、虚幻。我既不知道什么是写作，也不知道什么是谋生。我搬弄大作家的一句话当作教条，却忘了书里也曾说过，卢梭虽然年少贫困就外出打工，但也给有钱贵妇做过情人，他当然可以不靠写作吃饭。

我没有当过职业作家。但如果新媒体写作也算写作的话，我大概明白职业写作是种什么样的感受。

一个人的写作总有各种变化，伴随着生命起伏，无论体裁或题材都会变化。青少年时爱写诗歌，刚成年时尝试写小说，热血青年的时候热衷时评，经历过工作毒打开始在生活散文里找点快乐。写作是一个人生命历程的再现。

但在新媒体写作不是这样的。一年年过去了，作者换了一茬又一茬，读者可能也旧的去新的来，但写作的体裁始终不变，甚至话题跟几年前也常有重合。有时候没有稿件发就发以前的稿子，同一篇文章在几年里发了三次也有可能。

在 WAVE，我们的文章有非常清晰的结构和写作思路。

WAVE 的文章以阐释、表明观点为主，所以文章基本是三段结构。选题之间会有细微的差异，但基本上都是第一部分陈述基本事实或现象，第二部分剖析现象成因，第三部分给出建议或者表达观点。作者们早已习惯了这一模式，将其变成口诀——是什么，为什么，怎么办。

社会热点每天都有，但是从中提炼出的选题，都能用这三类问题概括。

> 中国人为什么爱喝热水，潮汕人为什么爱喝茶，山西人为什么爱吃醋，江苏人为什么爱吃甜；
>
> 为什么城市交通这么差，为什么房价这么高，为什么压力会让人变胖，为什么学历要求越来越高；
>
> 肯德基为什么总和麦当劳开在一起，瑞幸为什么比星巴克还火，喜茶为什么能卖这么贵……

这些我用一分钟就回忆起的选题，是新媒体写作的"月经题"或者"年经题"，基本上每个月都能看到有媒体写。高考、五一、春节、国庆，这些年年都有的事，每年也都要拿出来说一说。

在工作的头两年里，这份工作都算得上有趣。因为始终有新的话题可以写，同一个话题写两三次也不算太无聊。但到第三年、第四年，一切就变得难以忍受了。

写作变成了对过去自己的拙劣模仿。最初写某个话题时，我还会因不了解且感兴趣而下一番功夫钻研，在探索过程中收获写作的快乐（当然为此免不了"自愿"

加班）。但到后来，已经知道这类选题基本有一个相似的解法，甚至需要查资料的网站也是固定的，要做的只是去固定的网站上收集资料，再填入脑海中已有的框架。

在还没有打游戏前，已经知道了游戏的结局，多少人还会满怀热情地开始游戏？但新媒体的职业写作就是这样。它让写作原有的乐趣，变成了无关探索的重复劳动。还要为此付出大量的时间，用在修饰字里行间的术语、理解年轻人的流行用语上。

快速输出稿件，一周一篇甚至两三天一篇3000字的稿子，将写作从一种融合了创意与体力的劳动，变成了彻底的流水线工作。留给思考的时间非常短，面临的又是完全陌生的选题，所以只剩下了机械的操作思路。

比如上面提到"江苏人为什么爱吃甜食"的选题，如果你此前完全没有思考过这一话题，因为互联网上对江苏菜很甜的讨论很火热，才开始创作相关文章，你会从哪里开始呢？

对于完全的新手来说，他们可能确实毫无头绪，所有可能的方向都会检索一遍：是否有文化因素的影响，当地的制糖业情况如何，何时开始的糖业贸易，气候对其饮食习惯有什么影响……

但毫无疑问，这样会极大延长写作时间，无法按时交稿。如果是一个熟练的作者，他／她此前可能刚好写过一篇关于山西人爱吃醋的稿件，而那篇将成因聚焦在自然因素上，他／她就可能在写江苏人嗜甜这篇稿子的时候，直接去查跟自然因素有关的资料，整理一套能自圆其说的论据后，就可以开始写文章了。

这就是一篇成熟、稳重、不会有太大问题，但也不会有什么新意的稿子。

对于读者来说，这可能有趣，因为他们没有读过山西人爱吃醋那篇稿子；也可能稍显无聊，因为他们读过那篇稿子，但这篇也有新的知识点。或者他们根本不在乎，而是在评论区争论有没有江苏菜这个说法，毕竟苏州菜和淮扬菜不一样，苏南和苏北也不一样，江苏各个县都不一样。

但对作者而言，这又是一次重复。一次让技能越发娴熟、写作越发顺手的训练。但一些东西也会慢慢破碎，有一个声音会在终于能喘息的时候出现：我是谁？我为什么要写这些东西？这些东西跟我有什么关系？

怎么会没有意义呢？另一个声音始终劝告自己。你看，你在写作，你在这个过程中获得了新的知识，你以前不知道明清时期江苏糖业贸易就这么发达吧，现在你知道了。

那些我劝告自己是因为写作才获得的知识，现在被我用另一个名词称呼——谈资。所有我们沾沾自喜生产的、读者津津乐道消费的，其实都是谈资。碰到一个新朋友，刚好是江苏人，我就可以问：你平时喜欢吃甜食吗？我知道苏州菜挺甜的。哦没有去过，不过苏州在清朝的时候……

简直跟那些在饭桌上夸夸其谈的男人没有区别！

我并不喜欢自己夸夸其谈的样子，尤其不喜欢在发现别人不知道某个知识点时自己焦灼地想展示的感觉。过去，我曾经羡慕或钦佩那些知识渊博、什么话题都能说两句的人。现在，我对这样的人感到厌倦。传统媒体和新媒体到处都是这样的人，我们谈论一切，争相开屏，而对那些沉默的面孔既不关心也不聆听。

如果职业写作就是让我写这样的知识点、这样的大众话题，那它教给我的无非是自恋与傲慢。但我当时显然还没有意识到这些，我只觉得重复与疲惫。我以为自己不想再表达是因为太累了。

在这样模式化的工作流程下，我已经不知道自己到底在写什么。那时候我以为是因为我做的账号是评论类的账号，写作模式是收集资料、整理信息、输出文章。我想，如果接触不一样的人，是不是就好一些了？采访是不是能抵消这种通过资料写作的虚无感？

于是，工作两年后，我跟领导提了离职。我说自己不想再制造这种资料写作的内容了。给领导写的离职申请信上，我写道：

> 你之前问过我，在工作中想要的是什么。我那时候没有很清晰的答案，只是觉得人物采访、探访工厂这些项目都挺好，都可以试试。我现在想清楚了一点，我想做的可能是更加个人化、更有深度的内容（如果我还想做内容的话）。我还是不太能在工业化写作与编辑中找到价值感。当稿子写得很差时，我会对自己感到失望。虽然我知道自己做了很多其他的事情，但那些都没办法抵消我的沮丧。我不太想把低沉的情绪带到工作中，但是最近这种情绪好像太多了。

非虚构又怎样？

为了挽留我，领导将我调去了另一个部门，一个专门做非虚构故事的账号 WE。这个账号存在已久，但因为效益不好，总是不停地换人。前前后后的编辑已经换了好几拨了，账号风格也变了好多次。

写了几年的新媒体文章后，我对资料写作的模式充满厌倦，非虚构是我当时能想到最好的出路了。它代表着真实的接触、具体的人，而不是读过资料就匆忙下的判断。我对非虚构的想象是从何伟和阿列克谢耶维奇那里来的，我以为新媒体的非虚构写作哪怕不能做到这么好，至少也会朝这个方向看齐。

我欣然接受了这一条件。那是我在 WAVE 重新拥有活力的一段时间。因为没有写非虚构文章的经验，我每天都读很多非虚构类的书籍、文章，读类似《哈佛非虚构写作课》之类的非虚构写作书。我还主动拓宽自己的社交网络，认识了一些同样做采访或者非虚构写作的同行。

但真的开始做非虚构的账号之后，事情又回到了原来的轨迹上。流量仍然是我们要考虑的第一要务。如果写出来的文章没人看，那写它的意义是什么呢（我想在本书结尾回答这个问题）。这个问题始终是我们找选题时考虑的第一要素。我们很难从生活中找到选题，因为无法判断这样的选题会不会有人看，有没有流量。写人物采访稿就变成了联系在社交媒体上已经火了的人物，采访他们，写一篇已经火过的故事。

WE 的写作模式也经过了一番探索。最初，我们还会发一些作者自己的故事。比如实习生齐雨曾经在河北一所军事化管理高中度过了三年，她在这所学校里被方方面面地规训，甚至因为恋爱而被批评、羞辱。

哪怕已经过去了六七年，当她进入 WE 开始练习非虚构写作时，这仍然是她第一个想写的话题。这篇稿件有很强的个人风格，除了个人经历外也有对教育的反思，发出后流量只算中等，不好也不差。

但作为一个日更的栏目，我们不可能每天都逮着作者的私人故事写。所以很快，不到两三个月，WE 的选题已经跟市面上的大多数非虚构、故事类账号很相似了。我曾经写过一个对非虚构行业的观察吐槽：

> 公众号非虚构今年现状一览。
>
> 小众职业系列：遗物整理师、宠物化妆师、玩偶修复师、宠物婚配师、老玩具收藏店；
>
> 互联网大厂系列：大厂裁员、挤进大厂、离开大厂、大厂福利、大厂厕所、大厂外包、大厂实习生、大厂躺平、大厂提前退休、大厂内卷、大厂会员；
>
> 平台的俗世奇人系列：抖音上的写诗农妇、快手中的工厂少年、豆瓣上的农民工读海德格尔；
>
> 女性系列：30 岁女性独居、30 岁女性被催婚、50 岁妈妈考研、50 岁妇女自驾、60 岁农妇写诗；
>
> 重大新闻（等同于好人好事）系列：疫情中的互助、暴雨中的互助、再一次疫情中互助；

标题一览：××，困在×××；××，一个俗人；××，挺进×××；一个××，决定×××；

行业总结：非虚构蒸蒸日上，成为内容创作新趋势。（2022年1月14日）

最后一句话，非虚构"成为内容创作新趋势"并不是我说的，而是我在甲方和销售的广告投放报告里看到的。读者已经厌倦了"传统"新媒体兜售知识的方式，转而喜欢看各类售卖"非凡人生"的故事，而这些故事就被包装成非虚构的样子，在新媒体平台上每天更新。不仅公众号会写大量类似的文章，短视频平台也出现了非常多相似的视频采访内容，诸如采访不同职业、不同经历的人，然后打上"真实故事"的标签。

齐雨在WE实习了一年之后去了另一家非虚构媒体TIGER。她说，虽然都叫非虚构，但是WE像《故事会》，TIGER像《读者》。虽然我们在中学时代就已经觉得这些写作"不够高级"，但真到了工作时，仍旧是殊途同归写"故事会"。

在这样高度相似的机构里工作，齐雨有时觉得自己在当双面间谍。齐雨告诉我，有一次在TIGER的选题会上聊选题时，大家都没有想法了，编辑就打开手机看其他同行最近发了什么稿子，于是翻到了 WE 账号发的稿子。这并不是稀奇的事，我们的选题经常从同行那里来。大家的选题来源都是一样的。在社交媒体上看到某个帖子火了，各个非虚构平台的作者都会蹭上去联系发帖人，然后快速产出一篇篇高度相似的文章。

非虚构没有拯救无聊且傲慢的互联网。出现在非虚构写作里的人物，在被当作一个复杂的人之前，先被贴上了清晰的标签。在采访之前，作者就已经知道自己想从采访对象那里得到什么，只需要由采访对象补充具体细节和故事经过。

齐雨说她在采访时经常感到很痛苦，因为很多时候采访就是要让别人直面自己脆弱、不堪的一面。比如要写考研二战失败的稿子，她就要在别人社交媒体的评论区挨个私信这些人，然后采访。在这样的写作中，采访对象也只是某一热门话题的素材，他们有再多复杂的身份和经历也被轻飘飘地带过，只留下跟话题有关的素材，印证热门话题背后的某种情绪。

在这样的工作模式下，非虚构的作者可以完全不用自己找选题。编辑会关注各类热门的选题，然后派发给作者去写，甚至是找好了采访对象，只需要一个人去采访当事人，把故事写下来就可以了。非虚构是一种强调关注"个人"的写作模式，但作者却可以事先和这个"个人"没有任何情感或生活上的联系。

在这样快速的采访和写作节奏下，作者不可能跟采访对象建立深度的联系，甚至很多时候只采访一次而不会回访。在写群像类稿件时，作者通常会采访三个对象，一人一段故事，以映衬某个宏大的时代主题。写个人类稿件则通常变成了采访对象的口述，讲述一段充满标签（网感）的故事。到最后，每个采访对象都变成了话题标签的注脚。

这样的写作带来的不是虚无就是傲慢。作者不知道自己为什么关注一个已经火了的话题，只是给某一个采访对象当传声筒；或者看到一个人的自白时，立刻想到他／她可以被包装进什么样的话题里。社交媒体有收藏的功能，我经常看到有的热门帖子被收藏进这样命名的文件夹——"选题""素材"。点进收藏者的主页，就会发现他们是非虚构写作的同行。

那时我提醒自己，要警惕这种表达形式。因为这些快速生产的故事，并不真的反映故事主人公的经历和思考，只是将大众的焦虑投射到主人公的身上。

> 最难的事并不是讲出一个故事，而是反复提醒自己，故事背后都有一套叙事，而叙事立足于讲述者的经历、见解与意图。我们并非沉迷在"真

实故事"中，我们实际上臣服于叙事，也臣服于我们内心的恐惧与渴望。服膺于此，总是急着得到答案，而无法诚实求知，放下偏见去倾听。（2022年的日记）

但是这种反思并不能解决工作的问题。这仍旧是一份工作，要快速出稿、每天更新、追求流量的工作。

职业写作无关创意

为了保证一周一篇快速出炉的稿件质量，一篇文章会经过层层把关。

从选题开始，写的要是大众关心、编辑认可的选题。有了选题后要写大纲，大纲确认后再写成稿，最后修改、审核、发布。

那就意味着，在只有选题想法时，就要确保这是能操作的选题。并且很快就要给出大纲，写出具体的操作思路。大纲是一篇文章的骨架，有了大纲后文章基本已经确定，剩下的只是语言精修到什么程度的问题。

但是一个新的选题，怎么确定它就能操作呢？我们只能根据自己的经验，选择熟悉的内容，并用熟悉的方式继续操作它。新鲜的想法会因无法证实或者不具备可操作性（意思就是没有人操作过）而被否决。

我们总是被要求在写文章之前，在对一个话题进行研究与探索之前，先行证明投给这个选题的时间和精力都应是值得的。这很像研究员在研究开始前，就要证明这个研究计划是可行的。在《规则的悖论》中，大卫·格雷伯也援引了这样的观点：

> 你（将）把时间花在做计划而不是做研究上。雪上加霜的是，因为你的研究计划会被竞争对手评判，所以你不能追随好奇心，只能将精力和才能用于预判和转移批评，而非用于解决重要的科学难题……众所周知，原创想法是研究计划的绝唱；因为它们的有效性还未经证实。

所以我不能再欺骗自己职业写作是关于创意的劳动。这实际上无关创意。况且我也不能证明创意是可行的，就像我不能证明一个新的选题会成为爆款一样，我也无法证明脑海中灵光乍现的想法可以找到资料论据。最终，我们写下的都是已知的事情。

这条流水线变得越发高效而可靠了。就像我参观过的食品厂一样，每条生产线都会有自己的关键控制点。大米打成米浆，米浆揉成米团，米团拉成长条，米条压成薄片，米片切割成圆形，圆形的米坯烘烤、膨化、喷糖、焦化，最终变成了米饼。步骤清晰，不会漏过任何一项，在做成米坯时、烘烤后、膨化后，都会留有小样供专人检查，防止中间出现偏差。

我作为生产线上的员工，只要按步骤找选题、查资料、写大纲、查资料、写稿、润色、修改、检查，就好了。我既是流水线上的一员，我的身体也变成了流水线，在读到某些资料或者语句时，能够不动脑子就全自动化地处理这些内容。

比如段与段之间要转折，但我不知道怎么转折才好，脑袋中就会自动蹦出一句"你可能会问，明明是×××，为什么却会××××"。没有谁要问问题，这句话是我的写作系统自动生成的。我的大脑是电脑的外接处理器，我的手指是键盘的外接设备，我是新媒体流水线的外接工具人。

数据是上帝

在流水线上，指标是比感受更重要的东西。一篇数据好的文章，总是胜过一篇写作者"觉得很不错"的文章。

数据好包括很多方面。各大平台为写作者制作了各种各样的数据指标，最常见的就是阅读数、转发数、评论数。但在后台，还可以看到读者中的性别比、地区分布；文章的打开率——收到推送的读者中，有多少打开了这篇文章；文章的跳出率——他们看到哪一段关掉不看了；转发分布——分享给了好友，还是分享到了朋友圈……

这些数据成了修改文章的参照系。我们要想尽办法优化每个指标。怎样让读者愿意打开这篇文章？取一个更吸引人的标题。怎样让读者愿意读到最后？在文章中埋下悬念，制造意外。怎样让读者愿意把文章转发给别人？写一个意味深长，或制造笑料、充满讽刺的结尾。

但就像我们并不知道怎样才能制造爆款一样，我们也并不知道这些指标为什么如此。为什么这一期文章打开率这么低，我们只能想到是因为标题不够吸引人。会有别的原因吗？不知道。为了让标题更有吸引力，我们在其中加入更多情绪和观点，但能有别的解决方式吗？也不知道。

后来我问过某平台网站的运营工作人员，他们是否了解什么样的内容会成为爆款，但他们自己也不知道。他们只知道，平台的推送会有一定的机制，通过后台设计，给符合一定指标的内容流量，比如完播率

（完读率）在多少以上、几秒内跳出率在多少以下，让这些内容获得更多曝光。但究竟是什么样的内容会被选中，没有人有确切的答案。只有在某一内容已经成为爆款或"预爆款"之后，才会有人工介入，顺势做一些营销活动。即便是每天浸泡在这些内容中的"内部人员"，也无法预测爆款。"早几年还能大致知道什么话题能爆，这几年大家精神状态都很迷离，根本猜不到什么内容会爆。"这位朋友如是说。

算法像上帝一样，也许有逻辑，但更可能只是随机选中了某篇内容，那么后者就是爆款了。但为什么是这篇，没人知道。我们制造爆款的方式像远古时期的巫术活动，在大旱季节聚集在田地里击鼓祈雨，因为这就是我们想象中下雨的原因——有了雷声就会有雨。

这并不是说对数据的一切分析都是徒劳的，巫师也有灵验的巫师与不灵的巫师，算命先生也有算得准的和算得不准的。好的巫师会知道在谷雨时节祈雨，会观察星星和云；好的算命先生不会只查易经看八字，也会观察客人的细微动作。

对文章数据的分析，原本融入了很多个人经验与判断，有其具体的语境。但在文章流水线里，这些具体分析慢慢被"大数据"取代，文章变成了一个个样本与数字，失去了原有的厚度。

一篇写职业病的文章，包含了 10 个知识点，哪个放在标题里最有可能成为爆款？我们可以把这 10 个知识点全部做成短视频，然后发在短视频平台上。数据马上就会帮我们检验出大家评论收藏最多的是哪个知识点，把它作为标题，流量就有保障了。

还是一篇写职业病的文章，发布后阅读量很低，我们用不同的角度，在不同的时间内发布了 10 篇同一主题不同内容的文章，发现阅读量都很低。我们从此就规避职业病这一大类的选题，凡是这一主题的选题都不再操作。

这就是数据教我们做的事。它让我们在短短几年里就重新相信了上帝——一个只需要相信，不需要了解，更不能质疑的存在。

在 WAVE 只是一个刚刚创业的小团队时，我们还没有这么多数据可以分析，我们还会分析每一篇文章的好坏，仔细揣摩流量（或者上帝）的理由。但当我工作了四年，整个工作室发布了几千篇稿件时，我们已经可以把所有的文章标题和数据输入 EXCEL 表格中，寻找阅读量最高、打开率最高、转发率最高的文章的共同点。这份表格就成了我们的"圣经"，老编辑像牧师一样传授真理，新编辑只知道不能写罕见病，不能写性少数，不能写太"冷门"的内容。至于为什么，答案都在流量／上帝那里。

当某个号做大之后，做矩阵号是常见的策略。比如以往是生活大类的账号，继续孵化出只做美妆的账号。WAVE 也是如此，在积攒了一百万关注后，WAVE 从原来账号的员工中抽出一部分人，重组一个新的账号。

在进一步孵化的过程中，原有的一些探索被固定成了方法论，只要继续执行即可。新来的作者甚至可能不知道为什么要做某一类账号，为什么要用这样的方法做，但只要接受编辑派发的任务即可。

在互联网刚刚诞生之际，人们充满憧憬。这种新科技也许能消弭偏见与边界，在互联网，无论你来自哪里，是什么肤色，什么性别，你都可以自由地表达自己。不管你是博士毕业还是初中学历，只要你有想法，你的声音都可以被听见。

但当我们真的走进这个时代，尤其是成为互联网内容的供应商时才发现，标签的力量比以往更强了。数据分析出某些标签最受欢迎，我们就写这类标签下的文章。它往往关于城市、中产、大学、焦虑。这是一个数字宗教帝国，我们在此划分了种姓与阶级。

写博士退学永远比大专生退学更有流量；北大学子送外卖比初中生送外卖更被关注；送外卖比在服装厂打工更受关注；高学历人才的双相情感障碍、抑郁症比建筑工人的腰椎劳损更受关注。在找选题之前，我们已经知道了要去关注谁。

作为写作者，我一方面是流水线上的螺丝钉，任由自己的大脑自动生成乏味重复，却看似幽默的句子。另一方面又是这套体系的传承者，我教新来的作者如何快速写稿，如何识别什么样的文章最可能成为爆款，如何规避那些冷门选题。

我无法不将自己割裂成两个部分。一个我充满怀疑，对自己写出来的东西既不满意也没有热情。一个我相信数据，传授这套方法，并且庆幸自己的稿件数据都还不错，即便没有爆款也不至于流量惨案。

我好像不能全然相信任何一个我。我不能完全相信自己的感觉，如果坚持写自己感兴趣的话题，写那些我认为有深度、值得写的话题，我会没有读者，没有饭吃吗？但如果坚持写那些最热门的选题，写最可能爆款的文章，在文章中写那些轻浮但幽默的句子，这样有意义吗？

每当我对工作的价值产生疑惑的时候，关于生存的问题就会再次浮上水面。好像有一条不可破除的诅咒在那里，告诉我们只能如此。

但爆款的讨论并不全关于生存，还关于诱惑。增长的诱惑。

5 增长的诱惑

假设一个人负责一个新媒体账号，这个账号有一万个活跃用户，每个人每个月付一元订阅，就可以给账号作者带来一万元的月收入。如果作者每个月能稳定更新一篇或者两篇优质文章，保证读者不取消订阅，就可以维持基本生活所需。只要不是居住在北上深这样的城市，每月一万元算很不错的收入。

按照这个模式，写作者不需要太强的工作频率，只要专注写某个领域的话题就可以了。写作可能仍然会有枯燥无聊的时候，但工作总量不会变太多，工作节奏也会比较稳定。这可能不是多么充满挑战和机遇的工作，但至少也是一个稳定的工作，不会有太多的压力。

但在新媒体行业，这种模式几乎不存在。没有那种"刚刚好"的工作，每个人都在过劳。

当 WAVE 只是一个 5 人的小团队时，每个人每周的工作是写一篇原创稿件，或者编辑两篇作者的稿件。如果情况一直这样下去，作者只要写稿子就可以了。在这个过程中提升自己的技术，尝试写更复杂深奥的稿件，仍然是有可能的。传统媒体至少提供了这样一条可以看见的发展之路。

新媒体行业却不会这么想。当一个工作室有了成功的经验，做出了一个百万粉丝的账号后，负责人想的是如何将这种经验复制到新的账号上去，再做一个至少几十万粉丝的账号。

复制成功

复制成功的经验。这是新媒体行业牢不可破的迷思。不管是追求爆款，还是重新做账号，人们都相信，先前的成功一定有某种路径或者原理，只要复制了这一路径，就能再次获得成功。新媒体的"新"就在于，以往人们只有关于经验的知识，用于梳理成功的路径，如今我们有了庞大的数据，每一篇文章都可以放进数据库里分析，从而总结出其中的相似性。数据给了我们经验可复制的自信。

于是 WAVE 的编辑被抽调去做新的账号 LINE，

原本 5 人的编辑团队只剩下 3 人。为了维持原来的更新频率，编辑们从写稿为主变成了改稿为主。写作的任务外包给自由作者或者大学生，由他们完成选题的写作，编辑负责修改。

一篇新作者写的稿子，可能一开始不够完美，但在编辑四五次评论和修改后，也能达到发表水平。新作者得到了训练，编辑省去了自己写稿的劳动，整个工作室的效率也提升了。毕竟三个人就能完成原来五个人的工作，而工作室只需要付三个人的工资和一笔不算高的稿费。哪怕是最勤奋的作者，全年无休地写作，获得的稿费金额也不会超过一个全职员工的一半工资。公司还不必为外包作者缴纳五险一金和提供办公条件。

这种稳赚不赔的生意，让新媒体工作室变成了写作中台。公司从外部源源不断地招募作者，如果旧的作者厌烦了这一写作模式，还会有新的作者补进来。年年都有新闻系或者其他人文社科专业在读的、需要找实习或者兼职的大学生，年年也都有想要来新媒体工作的毕业生。这笔低廉的稿费对他们来说可能是半个月或一个月的生活费，足以驱动他们在此实习或兼职一年半载。

全职员工的工作，从流水线式地写稿，变成了流水线式地分配选题、改稿。

从后见之明的角度看，这几乎是个陷阱。一个才二十四五岁的人，只写了两三年的时间，就不再写稿了，只去编辑别人的稿件，那写作能力怎么才能提升呢？怎么才能得到更多训练和建议呢？

但在当时，这几乎是每个人都必然会选择的路径。因为像以前那样流水线式地写稿太累了。不停地输入和输出，甚至在没有输入的时候也要输出。能有一种方式可以减少工作量，获得片刻休闲，能喘口气读点喜欢的书，这几乎是把自己从机械写稿的状态中拯救出来的工作。谁会拒绝呢？人在工作强度太大、太疲惫的时候，根本没有办法思考下一个决策会有怎样的长远后果，只要能从这个状态中解脱出来就好。

成为编辑，就是成为"成功经验"的推广大使。那些在做作者时积累的写爆款经验，那些通过数据总结出来的爆款文章特征，被编辑们编成"写作指南"分发给新的作者，教导作者在开头怎样写一个引人入胜的小故事，中间论证中哪些地方要插入一些俏皮话，结尾怎样显得意味深长。

这是经验一点点被提炼、凝结成教条的过程。靠着一篇写作指南，作者自主学习新媒体文章的写法，编辑也省却了很多跟作者具体沟通、理解作者不同人生经历或者个人偏好的时间——那些都是新媒体不需要的个人特质。

WAVE 的效率有了一次大提升。现在，3 个人就能做原本 5 个人的工作，稿子的阅读量也还在提升。从领导层的角度来看，这无疑是正确的决定——账号原本聚焦在人文社科的通俗类选题上，这一类型有很多竞品，关注数增长趋势已经放缓。随着几大互联网医疗平台的兴起，以及人文社科文章越发易得，大家对实用类的健康信息有了更多需求。新成立的账号 LINE 这个时候为整个工作室贡献了新一轮的增长。

未来，这种模式还会一次又一次地出现。互联网永远都有新鲜玩意，人们的注意力会从一个地方转移到另一个地方。原本天天十万加阅读量的大号，过几年可能只剩下一万多的阅读量。一些没人听过的不起眼账号，也能短短几个月内迅速积累几十万的读者。

某段时间内，大家都对数据新闻热情高涨。在大数据、数据分析、人工智能等热词充斥互联网每个角落的时候，几乎任何无关痛痒的新闻都可以用大数据分析一通，然后制成图表。从数据新闻中我们得知，"金融系的渣男最多""最喜欢一起逛街的不是情侣，而是朋友"。

又过一段时间，条漫很火。写一些小的角色剧本，然后画成轻松的小漫画。读者看的时候既轻松不费脑子，又能收获可爱的表情包，读到笑话。

还有一类所谓的"真实故事"，也是互联网浪潮的一部分。2015 年前后，涌现了多家主打非虚构、普通人故事的账号。小人物的故事值得记录，尤其是那些大家都愿意读的小人物。

WAVE 工作室创立七八年了，每一两年增加一个新品类的账号，这不算激进。达到几十万关注的账号，都会同时做几个矩阵账号。哪怕是短视频平台上一个日常拍小孩的账号，火了之后也会新建一个账号拍爸妈。

这些都是使数据增长、关注数提升的方法。新的账号 LINE 做起来之后，还可以和 WAVE 相互引流，让 LINE 的读者去关注 WAVE，WAVE 的读者去关注 LINE。这样两个账号就都可以实现盈利。万一哪个账号由于各种原因收益不太好，其他账号还能对冲一下，减少损失。

这也是本章开头里，那个设想并不能真正实现的原因。新媒体没有死忠粉，至少我们不相信存在忠实的读者。不会有人愿意一直读你的文章，并为此付费。读者甚至不愿意免费贡献流量，让广告商付费。可以阅读的东西实在太多了，创作者只能不断地想出各种方式吸引读者的注意，留住老读者，吸引新读者。吸引不来的时候，就创建一个新的账号，迎合新的读者。

知识速成与专业之死

新媒体的创作者不敢只写一种东西。也许这个时代的人都不敢只拥有一种技能。创作者们不仅要学习检索资料、写评论类稿件，还要学习配图、写剧本、采访，甚至数据分析的技能。

如果我还没有开始工作，得知工作的前景是不断地学习新的技能，我一定非常兴奋。但在工作了几年后，再面对新的任务，我只在其中看到了无尽的劳动，令人心虚的劳动，而不是新鲜与兴奋。

之所以心虚，是因为太知道知识是速成的了。世界是草台班子，新媒体尤其如此。面对一篇有理有据、还有专家审核的医学理论文章，你怎么会知道它其实出自一个刚刚读了几篇医学论文、花一周时间写稿的大二文科学生呢？那些外人看来是"深度好文"的文章，也并非出自有几十年研究经验的学者，而是上周刚找到实习的大学生。同事江洋告诉我，在来 WAVE 之前，她在一家情感类公众号实习过，当时她大二，没有什么情感经历，每天却在公众号上指导三四十岁的人如何处理婚姻问题和离婚危机。

在对视频制作和科技测评都一无所知时，我开始熬夜加班看别人做的科普视频，学习怎么写脚本、怎么解释复杂的科学问题。为了赶上热点，要在一两周内就完成一个陌生的选题。我的大脑常常强制启动，强迫自己去理解一串陌生的符号，再将其生硬地揉捏成相对易懂的语言。在这个过程中，为了工作而做重脑力劳动的疲惫感，远超过对一件事情好奇而探索的新鲜感。何况我本来就对视频制作没有兴趣。工作几年后我对职业写作感到厌倦与疲惫，拿起相机开始研究参数时，才感觉到学习的新鲜与兴奋感，但为此要花的学习时间，比工作时多多了。

工作中速成的学习像是在刚会走路的时候就参加百米赛跑，虽然勉强也能完成，但会留下肌肉损伤。真正带来快乐的学习，是一步步学会走路，学会合理地跑步、休息，进而在百米赛跑中体验超越自己的感觉。工作时的学习没有任何自驱力，只有工作任务驱赶着自己学习。虽然学习了，但是这些知识也很快都忘记了。像美剧《人生切割术》里一样，员工在上班和下班时被分成两个不同的人格，上班时做的工作和学到的知识，下班后就忘了。上班学到的知识跟真实的自己仿佛是割裂的，我开始自己拍照片时，完全不能想起工作时曾学过的任何跟拍摄有关的知识。

对于编辑和作者来说，挑战更多了。言下之意是，需要做的劳动更多了。

作者要比以往能写更多类型的文章。一个历史系出身的作者，以前只需要在门户网站的历史频道写历史类文章就可以。但他/她来到了新媒体工作室后，历史文章的受众远比不上社会话题，一些门户网站也已经砍掉了自己的历史频道。这位作者就要学会写热点文章，再过一段时间，可能还要学习写科技、健康、医疗、美妆类的文章。

新媒体要将每一个人都打造成全才。任何热点抛过来，作者都要能接住。也就是说，要能通过快速查找资料、整理论点，在完全陌生的领域发表一番见解。

人人都能写"专业"文章，也就意味着不再需要"专家"。在一个领域内精进不仅不合时宜，而且成本太高。如果写一个热度很高的话题，只需要查几篇论文，整理几个大众不知道的知识点，就能够获得很高的流量，为什么还需要专门请一位对此研究多年的专家写一篇复杂但是难以理解、难以在互联网传播的文章呢？

作者看似学到了更多知识和技能，实际上却是在做去技能化的工作。只有不在意写作技能的团队，才会需要作者什么稿件都能写，甚至是那些他/她没有相关知识的选题。一个已经写了一年的作者，可能比刚来的作者在写作套路上更熟练，但是并不一定能比新作者写出更好的文章，因为他们面临的都是新的话题，都跟原有的知识积累无关。他们又站在了同一条起跑线上。区别是老作者可能不如新作者那么能熬夜了。

人们总说"技多不压身"，但当人人都会开车，谁还会把开车看作一门技能？只会认为这是每个人都该掌握的技能，不会才奇怪。新媒体就是如此，每个人都能写相同的稿件，写作已经不再是一项技能。会使用排版工具、图像编辑工具也都不算是技能，因为人人都要会。

这也是我在 WAVE 写稿时感到痛苦的原因之一。我不断写作，为此付出劳动和情感，但并没有机会在某个领域内精进。我不断变换自己选题的方向，写各个领域的话题，快速浏览不同领域的文献资料，再快速输出。这一切让我觉得自己越来越像一个江湖骗子，把狗皮膏药吹嘘成万能神药。所有一眼扫过的知识像浆糊一样糊在我的脑海里，我只能感觉到一片混沌，无法从中理出一条逻辑。对于那些我写过十几次的话题，我也并不比第一次写时更有见解。又像是一天背了一千个英语单词，背的时候脑袋昏沉，第二天脑袋里什么也没有留下。脑力劳动不像体力活动。搬了一千块砖头，虽然很累，但砖确实搬了。背了一千个单词，同样很累，但也相当于什么都没做。

做了编辑之后，这一切并没有好转。学的知识和技能越多，"毫无长进"的感觉就越强烈，焦虑也日益严重。

做编辑，就可以不用写稿子，不用再找细枝末节的材料，甚至不用再熬夜。这看起来省力了不少，但也将编辑的工作降格为最初级的读者工作。因为编辑也要是全能的编辑，也要修改所有话题的稿件。如果要编辑一篇自己并不了解的稿件，编辑只能从读者的角度对稿件提出疑问和修改意见，比如哪里没说清楚，哪里太过复杂难以理解，哪里有错字病句。如果作者水平实在太差，无法顺利完成稿件，编辑有时还要再次成为全能的作者，帮助原作者完稿。

一个专业的编辑应该能给作者更加专业的意见，双方可以沟通对话，在对话中彼此都有收获。在新媒体中，编辑要么是给作者改错字病句的"小编"，要么就是帮作者把稿子重写一遍却拿不到额外报酬的好人。

越来越多的信息都将依赖互联网获得。不必去图书馆，不必走出办公室采访，不必关心社区中的选题，只要在互联网上检索收集资料就可以了。

我们希望在写作中呈现出的细微情感，也损失在了光纤电缆中。江洋就曾经对我说过：

我很喜欢跟采访对象面对面的接触，我觉得聊出来的东西和自己的感受要比线上深很多。但因为我们工作很多，排期压力很大，你出去跟着某一个作者去听他的采访，就是一件很奢侈的事情。

　　我们自己都不愿意在网络中展示真实的自己，却相信仅仅靠互联网上的观察和一通电话采访就能了解一个人的故事，这也是新媒体不能自圆其说的一部分。

　　这是追求增长带来的连锁反应。要寻找增长点，就要学会新的技能。更多增长点就要更多新技能，还要巩固原有的读者与受众。增长对应着越来越宽泛但也越来越肤浅的学习，作者从写作技能型人才变成什么话题都能写的写作机器，编辑也从拥有专业知识的人变成分发写作任务、验收结果的终端处理器。

　　但写作真的非如此不可吗？

　　把自己放在读者的位置上，我知道自己很容易被互联网上的信息吸引，在无所事事中花大量时间在各种短视频和短消息上。但我也对这种"阅读"感到厌倦，我也想阅读那些带有个人思考、真诚并充满反思的作品。我不希望阅读的总是媒体工作室批量生产的新闻快餐和懒人包，也想阅读那些带着生命体验和情感的作品。为什么我们不可以鼓励更个人化、更真诚的写作，拥有更能对话的读者呢？如果真的要增长，为什么一定是靠数据、话题、热度的增长来吸引读者，而不是靠智慧的增长呢？

6 曾经坚固的边界都在消失

　　新媒体写作到底是什么？仅仅是一份谋生的工作，还是写作的训练？在这里锤打几年的作者，未来是成为更好的作者，成为优秀作家，还是成为领导，从此再也不用写作？新媒体产出的文章到底是什么，它应该让人思考，还是鼓励人消费？读者应该是能够跟我们对话的人，还是听从我们话语的人？

　　这是一个边界消失、规则消失的地方。没有明确的规则，但又处处是规则。

是写作也是工作

　　威廉·津瑟在其《写作法宝：非虚构写作指南》中说，写作是一项个性化的工作，没有统一标准。"有各式各样的作家和各式各样的方法，任何能帮助你表达的方法，对你就是正确的。有人白天写作，有人晚上写作。有人需要安静，有人打开收音机。有人用笔写，有人用电脑写，还有人通过录音写。有人第一稿一气呵成，然后再修改，也有人再三斟酌第一段之后才能写第二段。"

如果这份工作是写作，那么有的人注定要在夜晚写作，要在咖啡馆写作。但在WAVE，只要不是线上兼职作者，都要来公司写作或编辑。

如果这是一项固定的工作，应该有上班或者下班的时间，但WAVE也没有。某一篇稿子没写完，员工可能在这里写到夜晚12点，或者带回家继续通宵写。由于手机操作越来越方便，哪怕是坐公交车这种原本的发呆时间都可能被拿来工作。工作时间的工作要做，出去玩碰到有工作了还是要做。

如果说新媒体是一项创意工作，它又没有给人创意的收入。WAVE的工资制度跟大多数互联网公司一样，是固定薪资加绩效的形式，而不是像传统媒体一样以基础工资加稿费的形式发放。传统媒体能给的稿酬低于WAVE，但是有基础的奖励机制，写得多赚得多。当然如果不想赚那么多，也可以少写，不会有那么长的加班时间。

WAVE的绩效考核机制则是每半年评优一次。评优会看不同的指标，比如稿件的平均阅读量、生产的稿件数量。固定工资本身并不是什么问题，因为正职员工不是只有写稿这一项工作，经常还要负责很多其他工作，比如跟不同部门沟通、培训新员工、带实习生、处理临时的杂活。但成了拿固定薪资的全职员工，就好像卖身给公司一样，大大小小的任务都要处理，常常要为此加班。

什么都会和只会做一件极其简单的工作，是流水线生产的一体两面。当需要极高的效率时，这条流水线上的人都只做简单的一件事：有人只配图，有人只找资料，有人只润色文笔，有人只发布文章。但也有什么都会的人，在任何紧急关头填补空缺，以防产品出现问题。

全职员工的要求就是成为什么都会的人，当发布稿件、配图、审核稿件的同事有事请假时，编辑就会填补空缺，保障文章及时发布。因此，全职员工做了远超过固定工作时长的事情。

离职后我跟同事伍志聊过，他认为新媒体公司应该像律师事务所一样，实行合伙人制度。

　　做内容就是靠人，不是靠什么别的。账号成长起来其实就是因为作者的文章，每个作者都可以分享这个账号的成功，而不是只拿一千多块钱的稿费。

身为全职员工，工作内容的边界也消失了。

工作不再是为了写出更好的文章，而是变成不断写方案、写大纲、写报告。WAVE 的盈利模式是靠广告收入，但是为了卖出广告位，就需要全职员工的劳动。

每个月我们都要给销售人员出一份报告，根据下个月的节日或事件节点列出选题方案。比如下个月是 5 月，有母亲节、劳动节、护士节，很快要高考，荔枝等水果也将上市……我们就根据这些可能的热点话题，写一些选题方向和策划内容，并指出它们适合什么样的客户。销售再拿着这些策划去找不同的客户，说服他们投广告。比如母亲节或者劳动节，我们就可以出一些职场疲劳之类的选题，然后卖给电商平台或者家电企业。

文章阅读量也是一项资产。每个月，WAVE 还要做流量战报，展示这个月哪些文章获得了几十万、上百万的阅读数据，哪些被知名媒体转载，以及文章相关话题如何登上微博首位。战报也是为了展示给潜在客户看，证明我们是一家值得投广告的新媒体。这些战报不是凭空出现的，通常要各个员工把自己经手的文章和内容的数据整理出来，写在共享表格里，再由设计员工制成海报。

甲方开始投广告后，我们就更不要想着休息了。

先是要给甲方写选题策划方案，通常还要一次提交三个选题方向——给他们一种有选择、有决定权的感觉。其实我们都知道哪个选题方向是最合适的，但是仍然不能只提交一个，还要搭配两个不太合适的。只提交最合适的，就会收到甲方反馈说，能不能再给两个备选方案。

定下选题方向后就要给甲方写策划大纲，这时我们还没有任何材料，但需要用大纲来标明会在哪里露出甲方的品牌，如何把品牌融入整篇文章中。这个过程中甲方会不断补充资料，我们还要去理解甲方的品牌需求，思考怎样突出他们的特点。等敲定了大纲，写作才算开始，这时候可以外包给某个作者去写，但全职员工已经投入了相当多的时间在这篇稿件上了。

一个全职员工，不可能在进入公司的时候就明确知道自己的工作任务是什么。互联网行业发展太快了。哪怕是一份三年的劳动合同，也没法写全要做的工作范围。三年时间足够让一家公司的主要业务大变样。我刚进 WAVE 的时候，这里只写原创稿件，由公司负责员工开支，公司的收入则从其他业务里来。没过两年，我们就被要求自负盈亏，自己创造收入减少公司的开支。因此写商业稿件成了常态。在第三年，我们已经开始做视频项目了，因为这是最能快速实现盈利的项目。

全职员工只能不断从一个项目投入另一个项目中，不断做很多原本不知道自己要做，甚至不知道如何去做的工作。

离职后我采访了前同事何安，她说，她像一个机动人员一样，被随机安插在不同的岗位。这些工作内容对她来说是全新的，她必须付出更多的时间做项目，因为她还要先学习怎么做。

有一个原创的视频项目，我本来以为我在这个项目中是一个辅助编导的角色，做些写脚本、采访的工作，因为他们招了几个专业的编导进来。后来我才发现，有两期项目我几乎是全程参与的。当时领导说得非常严重，就说这个片子要给大领导看，他们非常看重。我有点没信心，对自己要求非常高，压力也很大，就天天跑到剪辑室待着，在那里熬通宵。但我可能确实经验不足，后来又找其他编导过去帮我一起弄。我当时心里就挺不爽，为什么一开始就把这么难的任务交给我，现在又要别人来救场，让人觉得好像是自己无能的那种感觉。其实我现在想想，能把那个项目做下来，我觉得自己已经非常了不起了，因为我真的没有做过这种原创的项目。

学习和工作的界限也消失了。全职员工很难受到系统的培训，学习都是在工作的过程中完成的。也因为如此，他们必须付出更多的时间，从头学习一项新的技能。但是自己摸索一项技能并不能算作工作，只有产出成果才算工作。所以，一直被不断安排到各种岗位作为机动人员的员工，即便付出了大量时间，乃至无法休息，也不会被认为有什么成果，也就无法在绩效考核中拥有更好的评分。

媒体还是广告？

我们已经无法分辨这到底是一份怎样的工作，它越来越像广告行业了。原本媒体和广告业之间有清晰的界限，从业者也知道自己在做完全不同的工作，但如今，我们越来越分不清彼此，企业公关就是一种类型的广告，却一直以媒体文章的形式发布，而媒体文章也可能只是广告。

新媒体中，广告更是跟文章混杂在一起。不仅是WAVE，哪怕是国内相当有影响力的纸刊新媒体，都会采用这种广告方式，也就是软文。一篇看似普通的媒体文章，可能就是某一品牌的广告。

这些软文起初很难分辨。我在刚开始做新账号

WE 的时候，需要找一些同行文章转载，就找到过这样的软文。初看上去，文章是写一个小艺人的奋斗故事，讲她怎么一路努力但默默无闻，既没有典型的明星公关稿的感觉，也没有什么带出的品牌。我以为这是一篇关注小人物的稿件，后面经同事提醒才发现，这是一个做不出名艺人综艺的广告软文。

还有很多类似这样极难分辨的软文。一个大厂员工放弃百万年薪，这一决定遭到了很多反对，但他还是回到家乡创业，推销自家的农产品。这篇文章的行文读下来像是在说，人应该有不同于主流的选择，或者是我们应当关心互联网之外的乡村故事。但实际上这是电商平台推销农产品的软文。

一个年轻的女孩经历了重大的人生挫折，不想再将生命浪费在格子间的白领工作上，决定辞职旅行，当一名旅行博主，记录自己路上遇到的所有普通人，也因为和陌生人的沟通，更加理解了父母，最终与父母和解。这是某个品牌车和短视频平台联合推出的软文。

一篇评论文章，分析当代年轻人为什么生活越来越节俭，不再追逐奢侈消费。后面可能跟着的是理财、电商平台、家电等各种各样的广告。

后来我已经能从同行的文章标题猜出这是一期广告，并和同事无奖竞猜是哪家公司的广告，是不是刚好和我们是同一家。很多公司都会在同一时期找多家新媒体投放广告，读者可能以为出现了什么热点，其实只是金主老板散了钱。

这些包装成媒体文章的内容，也要由媒体记者来写。很多记者都不愿意写商业稿件，所以通常商业稿件会比普通稿件的稿费更高，比如高一到两倍。但与此同时，他们也要接受甲方公司的各种修改意见。

在以前，媒体的写作部门和广告部门是完全分开的。记者不需要写广告。纸质媒体有清晰的版面规划，有一面专门是广告，在版面上方就有清晰的标注。这些广告内容也由专门的广告部门负责，媒体记者只需要写报道版面的内容就好。

在新媒体时代，我们已经没有了版面的区别。所有文章都只呈现一个标题，点进去才知道是什么内容。很少有新媒体愿意在标题上就标注"广告"，那相当于提醒读者不要点开看。愿意在广告内容的标题里标注"特别内容"已经是一种行业良心了，其次就是在正文里出现广告露出的时候用分隔符号标注"广告"。大多数新媒体都假装广告不存在，假装他们是真心推荐某类产品。

广告和写作的混杂对作者来说是一种特别的折磨。他们的写作标准完全变了，甚至是极端不同。从宣扬独立思考、客观写作到为广告商写作，听从广告商的安排。作者看似拥有了写不同文体的能力，实际上却失去了写作的标准。写广告的时候要不要批判性地看某些事件呢？写文章的时候要不要考虑对潜在客户的影响呢？实际上到最后，我们能写的东西越来越少了。任何跟大公司有关的负面信息都不写，因为那样可能会得罪广告主——谁知道他们会不会是我们的下一个金主呢？如果说内容审查让我们自动规避某些话题，或者在写某类作品时规避某些角度、某些材料，是一种自我删减和阉割，对广告商的讨好则是更彻底的自我伪装，我们甚至能写出自己不认同的话来。

　　这中间当然有另类的尝试。比如有些传统媒体发展出的新媒体品牌，仍然严格区分广告和文章。记者不用写任何广告的内容，只专注文章写作。广告通常也只发在微博或者公众号的次条里，不占据发文章的空间。当然他们也承担了代价，就是盈利相比之下会少很多，记者的薪资也大多微薄。

　　凡事总有代价。一个记者可能因为写严肃内容太过清贫而去写软文，发现软文赚钱更容易后就一直写软文，但结果可能就是无法再回到正常的写作状态中。一个想要赚大钱的新媒体工作室，也很难再回到只想做出好内容的阶段。

大多数同事离职后都去做了公关。那是一种至少"纯粹"的工作，至少他们知道自己写的就是广告，就是为大公司的利益服务，不必考虑写这些文章有什么意义。

在 WAVE，每个人都知道我们的内容质量在下降。不是必须读的稿件，我们基本不读，也不会跟同事讨论怎样才能写得更好。公司赚了更多的钱，而员工只有更多的加班和更差的写作技能。

同事何安离职后去一家互联网公司做公关了，她说，这样至少知道自己在干什么。

> 要做商业稿就做商业稿，要做内容就做内容，我知道我在干什么，我们现在的工作就是不知道在干什么。一会儿写商业稿的时候跟你说这种狗屎也能写，一会儿写原创文章的时候说什么标准不是这样的。

互联网被笼罩在一种焦虑的情绪中。增长太迅速，竞争也越来越激烈。广告主担心自己的投入没有性价比，所以不会真的任由内容团队做有创意的工作，而是要他们保证会有高流量。保证的方式就是看以前的数据如何，以前做的是哪种类型的策划，就再做一个相似的。公司担心自己招聘到的是不合适的员工，所以这个员工只要前几篇稿子写得不好，就立刻被换到其他的岗位上，开始试着做其他工作。上级担心下属偷懒，所以要他们写报告、周记，定期总结自己的工作成果。对行政工作，尤其是汇报类工作的痴迷也反映出这里没有全然的信任。人们只相信数据，不相信坐在桌前一整天啥也没有写出来的人可能是在思考更有创意的表达。

甲方乙方

商业稿也打碎了权力的边界。以往，我们写稿子只要编辑通过了就可以，工作时间也能由自己安排。现在，甲方俨然成了另一个老板，不仅可以对工作内容指手画脚，还可以随意要求我们去适应他们的工作时间。

国企或者传统制造业的甲方虽然会指点内容，但他们会正常上下班，一般下午5点就下班了，周末也不加班，所以跟这类甲方合作时，我们的工作时间还是可控的。最怕遇到的，就是互联网大厂的甲方。他们自己"996"，还要拉上乙方陪着。

我合作过的最令人崩溃的甲方，来自老牌的互联网大厂。这个大厂有自己的沟通软件，并要求我们也必须使用他们的软件沟通。由于他们的员工业务繁忙，每当稿件提交上去之后，一整个白天都收不到任何反馈。到了夜晚 11 点左右，大厂员工忙完了自己的活，就会发信息过来，说稿件有问题，"洞察不够""没有底层逻辑"，诸如此类，抛出许多空洞的词。然后说，"文字说不清楚，我们开个会议快速拉齐一下吧"。又是重复"逻辑""洞察"之类，一讲讲半个小时。

互联网大厂没有周末，所以他们可以在周末也拉人"对齐"，给反馈并要求修改。每当给这样的甲方写稿时，我就觉得自己被暂时卖给了这家公司，不明白他们是否知道自己在做什么，还是说他们也只是要表演努力，但必须有陪演的人。

很多作者即便可以申请成为全职员工，也会拒绝这份工作。全职工作就意味着没有时间做自己的事情。他们的选择是去工作压力小一些、工作内容稳定的体制内工作，然后给 WAVE 写稿。这样一来，写稿这份工作就会重新变得有吸引力，只需要沉浸在写作中，不需要为稳定的收入和生计发愁，也不需要为了赚钱而不停写稿。写稿可以成为他们自主而非被迫的选择。

齐雨就是这么做的。离开新媒体后，她拥有了一份家长看来最好的工作——在北京、体制内、工资不低、工作任务少。这份工作下午 5 点就能下班，她可以回家后再看两个小时的书，甚至写一些虚构故事的小片段。当她在新媒体工作时，这是不敢想象的。那时她回到家后，通常已经八九点了，她没法读任何书，只能刷短视频到 12 点然后睡觉。现在，她有时候就会给 WAVE 写商业稿，赚一笔外快。

但全职员工不能像作者一样，只要交稿就完事。全职员工经常要面对整个商业世界的谎言。相比之下，写商业稿虽然让人烦躁，但至少挣的是干净钱，全职员工要负责处理更多的"脏活"。

商业稿让我最痛苦的地方，除了反反复复的修改、模糊不清的标准之外，还在于这样的写作让我觉得自己做的事情非常荒谬。我完全不知道自己在做什么。我们不得不参与一场分工明确的表演，每个人都在说谎。

有些甲方客户的审美实在是太差了。他们会随意删除你精心写下的段落，让你把公司的广告词生硬地嵌入文章中。有的公司会模仿互联网自己编造流行词，让你把这个编造的词语重点突出，体现他们的年轻态、新时尚。

比如，YYDS（永远的神）是当时的流行语，很多广告商要求在标题里用上"YYDS"来体现他们产品的卓越。在我们认为的写作常识里，这已经是非常谄媚且低级的写作用语了。但这还不够，我看到有一个广告商模仿"YYDS"的形式，自创了"GYDDY"，他们在软文里都嵌入这一串字母。没有人知道这是什么意思，只有看到最后，它才会说，意思是该产品"该有的都有"。这种恶劣的语言形式，比"的地得"用错不允许修改更让我难受。

但作为全职员工，这是必须忍受的最基本的"乙方礼仪"。甲方从来没有要遵循的"职场准则"，这种不平等的关系让文章越来越差，写作变成了一场集体麻痹和糊弄学。甲方付了钱，却要自己付出很多劳动去指导乙方如何写作，有时候甚至干脆代笔；乙方无法发挥自己的写作创意，被甲方指导后的稿件流量更差，有的时候甚至要买流量来满足甲方对流量的需求；甲方也知道流量可能是不真实的，但是他们只要向上级交差时写上"流量极佳"，就可以了。

我的同事后来去了甲方公司，她开始做甲方后，也要在新媒体机构投放广告软文。她说，以前只知道当乙方很烦，后来发现当甲方也很烦，因为很多乙方就是会糊弄整篇稿件，最后要她来一字一句修改。她其实也知道，那些软文获得的流量并不是真实的流量，但这不妨碍她给某个机构投放广告。因为只要钱花出去了，流量数据达标，工作就算完成了。

所有人好像都只是在玩角色扮演。扮演甲方，就要不断挑错，不断给意见；扮演乙方就要任劳任怨。最后产出一堆垃圾文章。双方都视而不见，把好看的、虚假的数据成果交上去就行。

7 被迫或迎合，写作的禁忌

不管是做什么类型的内容，都有相应的法律法规和政策限制。起初，新闻出版行业有相应的纪律要求。之后新媒体影响力扩大，也要接受相应的规则限制。后来各大平台开始承担起对平台内容进行审核的责任。

新媒体行业对此的最直接体验就是，某一篇文章发出后，可能在一两天后收到删稿通知，相关的责任单位也会受到处罚。渐渐地，我们也对什么最好不写有了认知，编辑经常会告诉新的作者，为什么报的选题或者写的内容不合适。

在我们这个行业，每一个人都会提到内容审核，每一个人都可能是某种不合理审核的受害者。但写作环境每况愈下并不能全部归因于此，这种归因常常让我们忽视了其他因素，有太多其他让我们不能自由表达的因素了。

不再踏入流量的河

在（新）媒体机构里写作，本身就无法自由表达。机构的风格和主编的意见都会影响作者的个人表达。当写作面临着权力等级（主编－编辑－记者－实习生）时，对写作的审查就会层层递进。编辑不仅要修改写作中的语病、错字、文章结构，更要对文章的主旨和观点提出修改意见。不管是鄙视链上最末端的新媒体写作，还是最高级的学术写作，都要面临来自评审的意见。这些修改意见还隐含着机构／主流思想对个体思考的评判，而这种观点评判在任何地方都存在。

工业化的生产流程同样加重了我们在写作前的自我审视：自己的观点是否太个人化、太片面、太"不够大众"？工业化是制造标准的过程，工厂控制、打磨所有不符合标准的员工和配件，并以特定的标准输出。写作者都被要求以"客观公正"或者"科学严谨"的方式写作，但结果并不是他们真的做到了中立客观，而是我们忘记了所谓"科学""客观"并不是完全绝对的真理。我们将一些表达视作客观，另一些视作不客观，并在工业化的写作中不断重复着这种价值观。自认为某些情感更高贵、更应该被书写，而不是因为我们更在意自己的情感，这已经让我们远离了纯粹的好奇与求知。

互联网颠覆了我们的写作世界。过去，我们对文字招致暴力的想象是文字狱。文字狱是统治阶级合谋产生的暴力，发表不符合统治阶级思想的言论就会招致祸患。在互联网时代，这一暴力形式更广泛、更明显了。部分人可以到处收集别人的历史言论，恶意诠释后就可能导致作者账号被封禁，或者丢掉工作，不允许在公共平台出现。

在新媒体工作时，我们会格外注意一些细节的表述用语。一些有争议的数据和事实要按照官方标准来写。其中很多工作既不是核对事实也不是思考创意，而是咬文嚼字看某些句子有没有歧义。这种"被人挂网上骂就完了"的忧虑也时刻左右着我们的写作。相比于写一些可能略有偏见但不乏个人幽默的句子，我们更希望写的是中规中矩没有偏差的句子。

互联网将这一审核更彻底化、文本化了。书上的句子原本只有读书的几百上千人会看到，如今读者可以拍照上传到网上，让它被几十万人看到。发现一个人写作中的"问题"变得更容易了。但人们不必长篇大论写文章驳斥，只要转发表明立场，让更多的人站队就可以了。这种"更彻底"的审查，只有在互联网时代才能发生。

最简单的例子是，如果写作中冒犯了某明星的粉丝，常常会在后台收到大量谩骂。谩骂本身只是一种情绪表达，尚且不会造成影响。但网络让一切行动变得更容易了。粉丝可以通过互联网集结起来，快速形成行动小组，包括但不限于给公司写信抵制、号召其他人抵制、号召取消广告活动等。

不管你是什么阵营，持什么样的立场，表达稍有不慎，都有可能陷入这样的麻烦中。即便是个人的写作也无法避免。这种经历至少使我有了相当多的自我审查，我不会在网络上发布可能会被认为是偏激的话，也不再参与网络争论。更彻底地说，我不再期望互联网上有任何真诚的讨论。

互联网让我们生活在摄像机之下，任何一句话都可能被记载、传播、放大。这种无处不在、全民皆兵的审查，以前只有在非常特殊的时期才发生过，但现在，它一直存在，而且更加容易。思考互联网环境下我们的写作还剩下多少自由度，可能无法只考虑某种单一因素。而且在很长时间内，互联网都会是我们的写作被看到的主要场所。

当然，思考我们的写作处境，并不是为了证明自己是受害者，或辩解自己写得差是多么情有可原。

在法律法规和平台规则下写作，是因为我们想保护自己的安全，或者再崇高点，是想要"可持续地写作"。在媒体机构、公司里或者体制内写作，是因为想要有稳定的收入和生活水准。这些都是普通人最渴望得到的东西，也理应有权得到的东西。这也是主流生活鼓励我们去追求的东西：安全、稳定、幸福。

将这种对幸福的追求推演到极致，写作就会变成某种迎合，迎合读者，迎合某种主流价值观，等等。

写作自始至终都与名利、声望这些世俗价值有关。只不过如今，写作变得更容易了。人们更容易去写一本书、写一篇文章，再经营自己作家/资深记者的人设。迎合谁去写作可能没有什么太本质的差异。它都是作家放弃自我的表达，而将写作作为达成欲望的工具。

去回应这样的写作，我们得首先回应自己对"幸福"的追求。期盼一个社会好到"一个作家可以既藐视权威，又不迎合读者，还瞧不上资本，最后却能赚大钱"的程度，那是不可能的。用这种标准来感慨自己生不逢时是自恋。

对幸福的追求本身就意味着过主流的生活，包括进入体制、迎合大众观点、适应主流的趋势。这样才会被主流承认，拥有幸福生活所需的物质条件和公众认可。如果写作意味着对自己内在心灵的珍视（即便是那些不符合大众审美的特质），追求主流标准下的幸福本身就会变得不可能。在幸福的光谱之上，我们或多或少地自我审查，也同时保留了一些自我所珍视的。这是作者要面临的自我抉择。

有些写作上的禁区是如此明显，人人都能看到。但我希望自己不要将那些禁区视作最重要的、唯一重要的问题。那只会让我心安理得地找出自己写不好的原因。这不诚实。禁区最让人神往。这种神往让我们忽视了生活中其他可以探索的区域，只能蹑手蹑脚地在禁区外徘徊、擦边。这也有些可惜。

在明显的禁区之外，写作世界中还有很多不易发现的禁锢，这些藩篱正以看不见的速度增长。

第二部分

嵌在齿轮中的人

8 欢迎实习生

"想写作就不要去传统媒体，在那里，你只能做一些打杂的活——整理通话录音、预约采访时间，或者跑跑腿之类的。但在新媒体，来了就可以开始写稿，而且是 3000 字篇幅的稿件。只要你来，就能得到充分训练，在最短时间内成为一个成熟的作者。"

这类宣传在新媒体中很常见。这里被描述成一个最适合快速、高效学习的地方。

以往，一个作者要写好几年，才可能小有名气。现在，只要写上一年半载，作者就可以掌握绝大部分套路，甚至可以带新的作者和实习生了。以前，一个实习生要很努力才能有资格写一篇长报道。现在，实习生需要很勤奋地不断写长报道。长报道已经不是一个目标，而是无法回避的任务。

WAVE 喜欢展示这样的案例。比如某位实习生刚来的时候很多东西都不会，不知道在哪里查资料，不知道怎样写得吸引人，但是经过半年训练，已经能写出不错的稿件了。训练方式就是以一周一篇的频率写稿子，快速写稿，快速反馈。

这当然是一种有效的训练方式。甚至不用半年时间，很多作者在一两个月内就能摸清这类文章的写作风格要求。在最初的摸索过后，等待他们的就是大量重复类型的稿件写作。

对训练的自信和对方法论的自信一脉相承。WAVE的负责人相信，既然我们曾经做出了爆款的账号，就能从中总结出方法论，只要有了方法论，我们就能将爆款复制下去，并培养出新的作者。

既然作者能够培养，甚至培养的成本还不算太高，那作者之间的差异就越来越小了。一个作者一旦成熟，就会面临大量的写作任务。如果作者无法适应这种工作节奏，主动或被动地离开了工作，换一个人再继续这份工作，也并不困难。

实习生成了最受欢迎的人。每年暑假，都是实习生大批入职的时候。也许是受大环境影响，实习生出来实习的年纪越来越小了。十年前我上大学的时候，同学们只会在大三大四实习，而我因为无法来北京实习，整个大学期间都没有实习经验。但当我在WAVE

工作时，很多学生会在大二甚至大一就开始实习。我还面试过刚刚高中毕业的实习生，她要去国外读书，已经有了好几段实习经验。

来 WAVE 的实习生通常有相当不错的学校背景，很多都已经有了运营公众号或者社交媒体账号的经验，而且来面试时就会展示自己的"涨粉经验""校报写作经历"。经过两个月的训练，他们就能掌握新媒体写作的精髓，等开学回校上课后也可以继续写稿。实习生还没有太强烈的价值观取向，因此更容易接受这种写作训练，两个月后，他们几乎能做到正职的工作量，但只需要正职三分之一的薪水。

但正因为训练出一个新作者如此容易，取代旧作者也就同样容易。实习生如此，正职也是如此。熟练程度越高，意味着做过的重复性劳动越多。这对公司来说更便于差遣，对自己来说则意味着在这份工作里没什么真的长进。

很多人表现自己不想被取代的方式，就是做更多工作。作者不希望编辑失望，就写更多的选题和稿子。这很正常，因为编辑也喜欢能稳定出稿、随时都能写作的作者。但"随时随地工作"不是一个不可取代的特质。新媒体太忙，也太变态了，每个人都在随时随地工作。编辑可以同时联系十几个作者，总有一个人能够立刻开始写稿。什么都能写，也成了作者容易被取代的原因，因为这里到处都是什么都能写的作者。每个人都沦为做大量重复内容的低技能工种。

最容易被取代的往往是做了最多工作的人，因为他们总是忙于工作，无暇思考如何提升。在带了几年的作者之后，我发现了一个悖论：那些写了最多稿件的作者，最后稿件写得最差。尤其是写商业软文稿件的作者，这类稿件通常需要快速出稿，写作套路非常固定，稿费也更高。写这种稿子唯一的目的就是赚钱。作者如果一直写这种稿子，最后文笔和思考都会变得非常差，一下笔就知道是那些套路句子和表达。反倒是新作者，往往会带着写作的热情，用比较长的时间写一篇稿子，成品能有不少出彩的句子。

被写作耗尽

这份工作像是会吃人一样，把作者的才华和能力榨干，让他们最后都只能写套路句子，最后无法再写文章。

这也是我们为什么总需要新的人，新的实习生。那些从新媒体行业离开的人，很多已经不想再写了。换工作时，很少有人想再找跟写作相关的职业。大家转行去甲方公司，做公关，做 HR，或者做运营，总之不要再写。

工作后，我听到最痛苦的评价，是编辑对我说"感觉你没有以前的灵气了"。"灵气"这种玄乎其玄的词语我向来不喜欢使用，但我明白他说的是什么。我的写作已经失去了最初那些令人眼前一亮的特质，成了烂大街的流水线网文。

我找到了当时写下的困惑。

> 陷入了一种奇怪的圈套中，每当稿子有什么问题，或者觉得写得不好的时候，编辑就会跟我说，想想你以前写的稿子，想想当时的用词用句。这太奇怪了，为什么每次想起来，都是原来的稿子写得更好呢？我不是一直在练习吗，不是一直在学习吗，怎么会变成所有的标杆都是以前的稿子呢？我有进步吗，我当然有啊，以前要写两周的稿子，我现在三天就能写完，加个班熬个夜就能填上一篇稿子的坑。可是我有变得更好吗？我成了一个更优秀的写作者吗？（2019年1月1日）

那时候我刚成为正职不过半年时间，写的稿子越来越多了。但是写得越多，我越觉得自己平庸。比平庸更可怕的是，我不知道怎样才能写好。我越是努力，越没办法写好。我甚至怀念自己从未进入这一行业的时候，那时我虽然写得也不算好，但至少我还不努力，还可以劝慰自己："我只是还没有开始好好写，等我开始好好写了，自然能写好。"现在，我比以往更刻苦地写作，但越写越差。

这样的沮丧反复出现在我的日记和社交媒体中。在快速且不停歇的输出中，我觉得自己被耗尽。我最大的恐惧终于来了——我废了，我再也写不好了。

在我刚开始写新媒体文章的时候，我记录了很多写作过程中兴奋的状态：

> 每当想到一个新的点，或者一条完整的逻辑链，感觉就像磕了药一样兴奋。（2018 年 8 月 22 日）

但这样的兴奋感随着写作的重复逐渐消失了。我很少再因为写新媒体文章而感到快乐了。想出绝妙写作思路的情况越来越少，取而代之的，是对不断增加的稿件的怀疑——我真的知道自己在写什么吗？这些写作"训练"真的帮助我写出更好的文章了吗？

这种越写越差的感觉并不是我独有的。离职后我跟齐雨聊天，她觉得在新媒体的写作训练对写好文章几乎没有帮助。新媒体要求作者立刻上手写作，在写作的过程中不断输出，却没有阅读、思考、输入的时间。过了几年，也许作者能写出更好的文章了，但那是因为他们本身的成长和经历提供了思考和视角。他们从生活中获得了智慧，而不是从工作中。

我设想过如果没有在新媒体工作的几年经历，我的写作会是什么样。在成为WAVE的正职员工之前，我曾经有一年的间隔年。当时我在四川雅安的一个村子里做公益项目，帮助筹建乡村图书馆。这是一份只有志愿者补贴的志愿服务，不是正式工作。大多数时间，我都在村子里无所事事，游手好闲。当然我也有时间可以写一些小散文。那些小文章诚然很幼稚，却是我真正想写的故事。过了六年我再读时，也只会觉得当时有些词句略显矫情，但并不失真诚。

工作后，我发现我再也写不出那样的东西了。我失去了写散文和诗歌的能力。以前虽然写得也不好，但是我还是会写。我会试图用一些不那么"说理"的语言去记录自己的情绪，但是在工作后，我写不出来了。在雅安的那一年，写下的文字里会有自由、轻盈的感觉，里面不乏一些有趣的表达。但工作后，我没有了那种心境，也无法再发自内心地幽默起来。

虽然过去一年自己什么也没做出来，但是看

那时候写的东西，有时候会觉得，确实有一种名叫自由的感觉在里面，有自己的期待。虽然现在也有，但它被量化了，以至于"我"的那部分丢失了，流程性的东西出现了。我觉得自己似乎应该有个场所，去慢慢写点小东西，那是有情感，甚至偏激，但不冰冷的东西。我挺喜欢现在做的事情，但觉得以前的自己也挺好的。（2018 年 8 月 18 日）

这并不完全关于写作。无法写出某些文章，也意味着我很难再体会当时的心境。写作不全是智识的劳动，写下的文字也是当下情绪的反映。

在雅安待着的时候，我们需要自己买菜、做饭，我花了很多时间赶集，跟镇上的阿姨攀谈。我与人聊天的心态远比进入新媒体行业开始写作时轻松。我可以花时间跟村民一起挖竹笋、看小蝌蚪，回家后再写一篇仅仅因为高兴而写的练笔。我只有几年后回想起来才能明白这种无所事事的意义——它让我能够放松地、不带目的地看到好玩的事情。当我开始工作后，自由探索的记忆像是发生在陌生时空里，我难以想象当时是怎样写下那些文字的。另一种伴随而来的感觉是，太专注在工作上，我反倒很难再发自内心地看到周围好玩的事物。

后来我自己带过很多实习生。每年，新鲜的大学生血液源源不断地从学校直接输送到公司里，我们与某些大学有长期的合作关系，这些学校的学生经常一个班一个班地去不同的小组实习。几个月的训练就可以改掉他们在写作中的"坏习惯"——那些因为年轻稚嫩，常常华而不实的笔触。我乐于做这样的改造，因为他们的写作风格越统一、越标准，就越能减少我的工作量。但只有回头再看时，我才发现，我们之间只剩下单薄的工作关系。我像包工头一样收集实习生（写作工人）的作品，给他们结算稿费（工钱）。也许建筑工人之间的关系都会比我和作者更坚固。和我保持最多联系的，是我刚刚开始做编辑时的作者。我在她们更早的文字里看过她们的思考和困惑，还有作为"我"的特质。

偏见与傲慢

现在我知道的是，比训练更重要的，还有基于自我特质的探索。只有确信自己的特质不是需要被改掉的缺点，才有可能发挥出特别的创意。但一份新媒体的工作永远不能提供也不鼓励个人特质。

在 WAVE 的早期文章中，尽管文章体裁和格式都是一致的，但你仍能看到作者细微的差别。有的作者喜欢讲谐音梗，有的会掉书袋，有的则喜欢反讽。但这些细微的个人特色在快速培训中一一被洗磨掉，作者们知道了什么样的写作手法是最容易通过的。把一种表达重复练习十遍之后，哪怕没有任何人禁止别的方式，作者们也学会了膝跳反射般地写下自己最熟悉的表达。

人们说写作是为了不要忘却，但写作本身就是忘却的过程。写下熟悉的，遗忘我们不熟悉的。写下认同的，遗忘我们不认同的。密集的写作训练尤其如此。

作者的工作变成了大量检索的工作，但注意——检索获取的是信息，而不是思考。缺乏体系化的思考和培训，大量资料收集和检索只能得到快速的答案，这个过程表面上让作者能够写各种各样的文章，却也使他们无法写深度文章，更无法在这种大量的碎片化写作中得到提升。作者从思考者、提问者，变成答案的复制者。

我们也在写作的过程中强化了可能带有偏见的观点。

像绝大多数新媒体工作室一样，WAVE 也有自己的价值取向。作为伴随着互联网兴起的新媒体工作室，WAVE 的价值观里有非常信任科技、崇尚现代化的一面。与那些对现代性的反思不同，WAVE 的科普类文章大多是在解释现代化如何改善了我们的生活，我们对现代工业的惶恐里有哪些认知谬误。

"现代性"是个复杂的词，它自身也包含着暴力。借"现代"的名义，我们很轻易就把一些人视作先进的，另一些人是落后的。我们也很容易对别人不一样的生活横加指责，对自己的傲慢则并无反思。但这并不是我们在工作中会思考和反思的内容。在 WAVE 的写作中，我们往往要对事物提出自己的观点。作者们在多次训练之后，已经知道了这里的观点大抵由以下标签构成：新自由主义、技术乐观主义。作者可能有不同的想法或观点，但在写稿的时候，总还是知道什么样的稿子是这里需要的。

在没有工作前，我以为是作者的个人观点构成了媒体文章的观点。但现在我知道，媒体的取向和调性决定了作者的观点。哪怕这个作者有不同于主编的观点，作者也不能真的写下来。

生活与写作并不完全割裂，写下的字句也会成为痛苦的来源。在连写几篇关于就业市场不景气、年轻人找工作越来越难的"贩卖焦虑"文章之后，这些文章带来的情绪也同样反映在作者身上。尽管有段时间大家对在 WAVE 的工作感到疲惫不堪，但下决心辞职仍旧是非常困难的事，因为"就业市场不景气"，万一找不到新的工作怎么办？甚至在还没有开始找工作的时候，这些文章中写过的内容就会涌现在脑海中，成为一道律令。

我后来读到一篇社会学论文，其中说到，发现家具甲醛超标后，很多消费者抗议这一家具的销售，并引起较大反响。但其实关于家具行业工人因污染而患病的报道早已有之，如果我们能更早关注工人的健康，也许就能尽早关注到家具甲醛超标的问题。产品出现的问题，在生产端早已能发现端倪。

新媒体生产的"焦虑""傲慢"等，只有成为大众情绪后，才会引发反感和质疑。但如果从业人员对这些内容更为敏锐，他们也许在生产之际就能明白自己创作的是什么样的内容，而不是只把这当作一份工作。

但在刚刚开始工作时，我显然未能预见，写下的文章也会成为自己的一部分，并在很多时候影响了我的情绪和思考。在未经审视地写下很多文章之后，我开始得意于自己能够快速地找到想要的资料，能一眼辨别出哪些资料是不值得引用的，并将"共识"的结论写在文章中。我忘记了，观点不同的文章中可能藏有我不知道的价值观，写作的创新不是靠复述别人的"共识"。

我乐于在生活中引用或推荐文章中写过的观点，

它们是"科学"的。比如土鸡蛋并不会更有营养，超市蔬菜更有安全保障，月经期间可以喝冰水。

然而，它们也是片面的。父母爱买土鸡蛋不全是为了营养，也因为它有不一样的风味。小农种植的蔬菜和超市蔬菜相比，也许品质不稳定，但购买本地生产的蔬菜是支持本地生态很好的方式。至于月经，喝热水舒服就喝热水，这有什么关系呢？写作让我们记住了一些观点，但也忘记了另一些。最重要的是，我们对此毫无察觉。写下第一篇时，可能还会有些迟疑，写到第十篇的时候，我们还有什么疑惑呢？

我想我在快速生产这些文章的过程中，也变成了一个带有傲慢和偏见的人。我代表"科学的"，而我的读者、父母，或者想象中的某个群体，则是"落后"的，需要新知识来启蒙。我津津乐道并不遗余力地向父母科普的"新知识"，也阻碍了我们之间进一步的互相理解。

更何况，这些知识月月年年出现在互联网上，最后变成人人都知道的大路货，根本算不上什么了不起的东西。但值得去探索的代际差异、相互理解的尝试，则轻易地消失在了互联网中，取而代之的是"原生家庭理论""父母皆祸害"。

新媒体太容易遗忘。信息传播的速度比以往任何一个时代都更快。我们很容易忘记，今天大家已经习以为常的"常识"，我们在十年前不仅不相信，甚至未曾听说过。容易传播的另一面，是传播过程中犹豫、改造、思考的间隙也被剥夺。今天的年轻人比十年前的我们更有"网感"，更能够写出爆款文章。

过去我觉得是高强度的工作使我失去了写作中的个人特质，所以离职后做过很多努力，让自己忘记职业写作的规则和教条，用自己喜欢的方式写作。为此我尝试写小说，写虚构的片段，不查资料去写作，不刻意在写作中表现幽默或轻松。为了逃离职业写作教给我的种种套路，我甚至一度不再写作，试着用摄影和拼贴诗来表达。

但是现在我觉得，沉浸在社交媒体也改变了我们写作的气质。一年一年，新的实习生已经能够熟练地写作"新媒体风格"的文章了。在进入新媒体工作之前，他们就已经是多年的新媒体读者。在成为一个实习生或作者前，新媒体就已经教会他们如何写作。他们需要被工作修剪掉的枝丫更少，更能快速适应工作的风格与强度。

互联网正在塑造越来越相似的一代人。打开简历投递邮箱，90%的女生都说自己关注女权主义，90%的男生都关注科技话题，喜欢非虚构的90%都读何伟，喜欢科技的90%都力推苹果、索尼。并不是说这些话题不好，只是我们都太相似。十年前被认为是媒体最应该关注的城乡议题、阶级议题，已经失去了年轻一代的受众。大家关注相似的公众号，阅读相似领域内的畅销书，转发相似的故事。我们在互联网上被输入的东西如此相似，输出也就很难不同。新来的实习生被熟练地分配到已经成熟的栏目中，比如非虚构、科技测评、美妆，再继续生产栏目中的文章。

实习生比以往能更快上手工作，更快完成原本是正职才能完成的工作。他们来自不同的地方，有不同的成长背景，但可以如此高度一致地赞同或反对某一立场，并为此写文章。这个行业每年的正职岗位越来越少。齐雨辗转在不同的媒体公司实习，因为每个公司实习期后都不能承诺给正职岗位，她只能换一家继续实习。但每一家公司都需要实习生，源源不断的实习生。他们会在推送文章中用醒目的标题写着"我们招聘啦"，然后点进去一看，全是实习岗位。

制造爆款像是一个自我反刍的过程。我们吃下爆款，再吐出爆款，反反复复全是被嚼碎的、尝过多次的东西。但我们能拥有和生产的也只有这些东西。年轻的人生产更多爆款，来喂养那些更年轻的读者，让他们长大后也只想吃爆款。

新媒体无法再提供任何帮助我思考的养料。我因营养不良而大脑萎缩。

9 假装晋升

　　作者和编辑原本是两个工种，但在 WAVE，一条晋升途径是：作者−编辑−主编。写了很多稿子之后，就可以升级为编辑，编了很多稿子，团队扩大独立成一个新的账号后，就可以升级为主编。

　　没有那种一直在写的作者。写作太累了，而且让成熟的作者去写作是一种浪费。一个成熟的作者一周最多也就写一篇文章，但如果培养更多作者，让新手们去写作，一周可以至少产出三四篇文章。这样，团队的效率才能真的高起来。

　　所以，一个作者熟悉了写作的模式，甚至有了一些自己创作的想法之后，就不必再写了。他／她晋升了，成了一个编辑。

　　晋升，谁能拒绝这么有诱惑力的字眼。

　　在 WAVE 内部的等级划分中，员工的职级从 P1

到 P5 不等，刚入职的应届本科生通常是 P1，应届研究生则可以是 P2，工作了三四年的成熟作者，就可以升到 P5。P 就是 profession，专业职级。如果再晋升就会是 M1，初级管理，M 就是 manager。

晋升直接跟收入挂钩，每晋升一级，工资可以涨 5%—10%。如果晋升到 M 级别，就有了带团队的资格，拥有了管理权限。

这看起来是一条清晰的晋升之路，一个人工作的三十年，似乎都可以在这套系统里打怪升级，这级完成了下一级做什么，一目了然。

就像闯关游戏令人沉迷、无法脱身一样，晋升体制不只会带来闯关成功的快感，还会令人忘了游戏本身的目的。游戏已经不再是为了体验不同的场景，而是为了听到闯关成功后金币撞击的声音，看到迅速增长的经验值。

权力金字塔

在做编辑后，我忘了一件事。我一直想做的事情其实是写作。从我还是一个小学生的时候，我就想写作。我喜欢通过文字表达自认为非同寻常的想法，伤心时也通过写作让自己平静。与之相对的是，我的口语表达其实相当一般，紧张时会有轻微口吃，而写作让我觉得从容。修改别人的稿件也能忍受，因为这是工作，但我并没有那么喜欢。

当所有人都在说，一个成熟的作者更进一步就应该当编辑时，我相信了这一说辞。因为整个体系就是这么运转的，在这个系统中，如果你想升职加薪，就要做编辑。在这个体系中，作者是没有前途的。写作是一种低端劳动，做作者就意味着要一直重复这种低端劳动。

我们都知道，写作的成果与我们无关。即便账号增长了几千上万个关注又怎么样，账号是属于公司的，离职了也带不走。写过的文章很快就会湮没在相似的文章里，笔名也最终会被忘记，人们只能模糊记得公众号的名字。在新媒体，写作被当作一种低端劳动，也许因为写作是回报比最低的工作。写作创造了很多价值——积累关注者、积累声誉、吸引广告主、获得广告收入。但写作者只能拿到稿费或者工资，写作创造的其余价值全都与他们无关。

编辑至少还拥有一项别的财富——编辑"拥有"合作的作者。离职后，编辑可以带走这些作者，让作者为新的平台供稿。如果编辑要创业做自己的账号，这些作者就可以提供最初期的支持。

但作者不是。作者常常只跟编辑单线联系，既不认识别的编辑，也不认识别的作者，无从知晓自己的稿费是否在相对合理的水平。由于很多人是通过网络招聘成为作者，他们甚至还不如实习生有人脉。线下的实习生能真正走进一家公司，跟更多编辑和作者一起开选题会，而不是只跟编辑单线联系，未来也可能有更多的工作机会。作者，尤其是跟编辑单线沟通的线上作者，如果失去了这份兼职，甚至可能不知道去哪里能找到同行业的另一份兼职。

我们在强调不要一直当作者时，实际上知道，作者是这个体系中最脆弱、最不受保护、拥有资源最少的人。他们除了稿费什么也得不到，所谓写作训练也只是一些基础得不能再基础的建议。他们无法在这份工作中建立更强的声誉和伙伴关系，而是被降格为写作机器，只负责提供作品并获取收入，无法决定这些作品如何使用与分发。

做一名自由写作者，还会常常面临拿不到稿费的情况。大多数新媒体都是在稿件发布后一个月内结算稿费。如果稿件因为各种原因没有发布，作者即便写完了稿件，也极有可能得不到任何报酬。有的新媒体会给损稿费，但也非常微薄。作者很难跟新媒体公司撕破脸去要更高的赔偿，因为以后可能还得指望给这

些新媒体写稿挣钱。几乎我所认识的每一个自由写作者都遇到过写完稿却拿不到钱的情况。其他行业，比如法律、设计等，还有先交定金再开始工作、只要工作就有报酬的规则，但新媒体行业却不是。

朋友鹿铭曾经给业内知名的新媒体大号写稿件，写完了半年没发稿，结果半年后的中秋节忽然收到编辑说要给她寄月饼礼盒。她立刻警觉起来，这可能就是不给稿费或损稿费的征兆。果然，最后稿费的事不了了之。我自己也碰到过类似的情况，离职后给一个有名有钱的公司写稿，最后谈稿费的时候说可以给我寄一个月饼礼盒，价值229元，折算进稿费里。这已经算是比较好的情况，大多数压箱底的稿子，可能连一句解释或歉意都没有收到，在不断的"再等等"中没有了消息。

在WAVE，领导们常说的一句话是，"每个人都是在为自己的简历打工"。努力工作，将工作成果和晋升经历写在简历上，以便找到下一份更好的工作。"难道你从这里出去之后还想继续写稿吗？你在这里成了编辑、主管，以后才能找一份主管的工作。"

写作被设定为我们都要逃离的低端岗位。管理才是目的，才是应该为之努力的方向。在我工作的后两年，领导们对我的期许已经不再是写作了。他们希望我不要再花那么多的时间思考如何写作，最重要的是如何管理，如何让不断膨胀的团队能够稳定地运转。

一个人的成就不再跟所做内容的质量挂钩，而是看谁能拥有管理其他人的权力。它以权力的升级取代技能的升级，一个人能够让另一个人做某些事，并不因为在技术上更能提供指导意见，而是因为他／她有这样做的权力。

但这项权力是如何产生的呢？

新媒体工作室不再是传统媒体的小作坊——一个人的工作年限决定了经验，经验决定了技术等级。在这里，由于整体对写作技术的要求都没有很高，工作时间与技术水平关联并不强。一年工作经验的人跟十年工作经验的人写作水平差异不大。

但多年工作经验的人比新员工拥有多得多的权力。这些权力是由员工的增加产生的。

随着 WAVE 的工作量骤增，人员增加的同时，业务量也急速扩大。原本基层的员工，有几个被选拔出来，成为小组的组长，做大量新增的业务。这时候，WAVE 的层级也比以往多了一层。未来，还会有新的业务产生，就会有新的组长出现。既工作，又管理。

所以，老员工之所以能管理新员工，并不是因为技术或者能力上更突出，而是因为他们是老员工，刚好赶在业务增长前就加入公司。快速扩张的团队带来了新员工，新员工赋予了他们管理的权力。

在互联网快速发展的这十年，类似的故事实在太多了。刚进入新媒体或者互联网的作者常常抱怨，他们有个特别爱给意见的主管，这个主管可能跟他们年纪差不多大，只不过早来了公司几年。

几年时间，一个新媒体工作室的体量足以翻几倍，也足以让一个不到三十岁的年轻人拥有管理几十上百人的权力。我入职 WAVE 的时候这里有 7 名员工，四年后我离职了，这里已经有 50 名员工了。

晋升成为目的

晋升就可以提供一个头衔。头衔像是游戏币，在现实社会中不具备购买力。但在游戏里，由于稀缺，人人都想得到它，它就有了实际的效力。

工作四年后，我在 WAVE 的头衔是"主编"。因为我负责了新账号 WE 的内容编辑。虽然这个账号只是 WAVE 下面的一个小账号，加上我一共只有 5 个人一起负责。我是最早来到 WAVE 的编辑，其他人则是因为 WE 要扩张被招进来的。我成了 WE 的主编，尽管有的同事比我工作经验更多一些。

其实，在升职成为主编前，我已经想从 WAVE 离职了。我实在无法从这份工作中找到任何价值感。我在这里写作得不到任何进步，也不想当编辑再去改新人作者的稿子，在他们的稿件中我也得不到什么成长。我对"进步""成长"之类的词语始终带有焦虑，害怕自己无法变得更好。在当时的我（和现在的我）看来，要想写作有些进步，还是要尽早离开这里。

但我不知道应该去哪，其他的新媒体也都是这么写稿的。我曾经觉得他们的稿件很高级，但当我真正开始做这份工作时，我发现大家也都是在各种套路里打转和重复。WAVE 的领导那时候告诉我，如果我留下来，我可以做一个新的账号 WE。我能做更多想做的内容，而不是像以前那样重复。WE 的定位是非虚构写作，有更多的采访内容，这也是当时的我非常想尝试的。

成为主编的许诺还是打动了我。我还不知道自己要去哪，能去哪，我甚至没有尝试过找工作。在这里，我可以升职成为主编，这还不够有吸引力吗？

晋升的诱惑太真实了。哪怕我怀疑这个头衔只是内部称谓，出了这里没人会认可，我还是忍不住沾沾自喜。我 26 岁，已经是主编了，谁能想到呢？我去朋友家做客，她向其他朋友介绍说，这是 WE 的主编。我听到小声的惊叹，而这足以让我窃喜，不论我表面多么谦卑。

回想起这些东西仍旧觉得可笑。像梦游的人突然惊醒，不知道自己怎么会站在这里。

那些我过去以为自己不在乎的东西，真的出现在面前时，我发现自己并没有拒绝的能力。领导的说辞也非常有效，他说，你反正也还不知道自己要做什么，不如就先干这个新的工作。

我当时怎么会知道，等待"想要做的事情"出现是不可能的。不可能做着一份工作、没空实践另一种想法的时候，就知道自己"想做什么"。

所以我成了年轻的主编，成了整个公司晋升最快的人。

晋升常常意味着权力。我过去曾以为，这意味着我能更独立地创作，而不是继续把作者当耗材的写作模式。我想过很多种可能做的事情，比如怎样做一些写作之外的活动，让运营同事不只是发稿，还可以用更创新的方式去推广我们的稿件。比如怎样开一些外部评稿会，跟作者多面对面沟通，也向其他同行学习。

这崭新的职称并没有让我真的拥有更多对内容的自主权。相反，随着我越来越深地介入工作系统，我很快发现，自己能决定的事情越来越少了。

在 WAVE 的写作虽然简单重复，但至少能够独自

　　　　　　　　不再踏入流量的河

完成一整篇文章的撰写。然而成为主编的我，不仅要为每周的排期和更新发愁，还要跟广告商沟通，安排广告档期。其他作者和编辑的问题也会反馈给我，让我解决。

因为成了整个团队的负责人，我的大多数时间都被分散去处理团队各种各样的事情。我甚至没有一整块的时间，哪怕一个小时，去阅读完一篇稿件。更别说自己再去写稿了。我的首要任务也不是编辑出最好的稿子，而是怎么样让这个账号增长关注数。我要汇报的内容比以前更多了，由于我所做的劳动不再是生产性劳动——比如写出一篇稿子，而是处理大量的琐碎的事情，为了让工作成果更可见，我还要写周报和日报汇报自己每天做了什么，数据增长如何。

在升职之初构想过的计划很快淹没在这些日常的工作中了。那甚至不是疲惫的感觉，我有了比在过往工作中更强烈的自我厌恶。我讨厌管理。我讨厌去监督别人做了什么，或者把时间浪费在汇报和听汇报上。但这些都被设定成我的岗位职责。

升职意味着你不必再从事生产性劳动，不用再一字一字地写稿，只需要监督或指挥别人做事，"让别人为你所用"。但我很难这么想。把别人当作工具人让我很痛苦，我不可能不去想，我们是不是都一样，只是在为这个体系所用。

后来我看着其他同事也慢慢升职——只要待得够久，只要留下来了。这像是奖励最忠诚护卫的勋章。同事们对此心知肚明：他接下来都不会再升职了，这个饼够他吃一段时间了。

晋升是一个不可拒绝的咒语。我们所有的教育都是关于如何在激励下努力的。比如努力学习就会拿到奖状，奖状也被设置成每个学生都应该追求的奖励。但生活并非只有一个目的，彻底放弃某些激励，是我们从未学过的、艰难的一课。

晋升本身就会变成目的，而不再是做更好的东西的途径。我们的目标变成了追求"越来越多的人"。写更多的文章是为了赚更多的钱，赚更多的钱才能招更多的人。只要有人，就可以给人排序。只要排序，就有晋升。

很多人理所当然地接受了"晋升作为目的"这一假定，忽略了这也许只是一场游戏。不舍昼夜的工作换来的工作奖品，可能并不是我们真正想要的。

但晋升能让我们忘掉自己真正想要什么，也忘掉原本对这个体系的不满。我们将自己纳入这个系统中，甘心被这样的奖励收买。想要成为某个体系中上位者的人，有可能真正改变这个体系吗？

越努力，越痛苦

有虚假的晋升和竞争，就会有虚假的挑战。这一切像是一个游戏，游戏里有障碍，有关卡，但通过关卡并不意味着你能获得奖励，有障碍只是因为游戏要继续下去。

对我来说，这份痛苦就是不断说服自己，这些障碍都是我应该克服的。

当我是个作者时，我对"快速出稿""写各种热点话题"感到困惑。我不知道为什么要写这些内容。我经常需要熬夜加班才能写完。在某几个月里，我甚至每周都要通宵一天来写完这些稿件。努力完成工作不是因为有奖励，只是因为这被认为是应该完成的，所有人的任务量都是一周一篇稿件。

直到我跟其他作者聊天才发现，其实没有人能写得完。不管是什么样的题目，写作者又是什么样的背景，要快速在一周内写完一篇引用了至少十几篇文献的文章都是不可能的。我们只是都加了班，拒掉了周末和朋友的聚会，或者在交稿前的夜晚通宵。

我们从小接受的教育，就是"挑战不可能"，以至于当工作量超出能力范畴时，想到的也只是压缩自己的业余时间，而不是拒绝不可能的任务。

我就是在那个时候把自己训练成一个熟练的写稿机器的。我不断要求自己提高写稿速度，把它当作一项挑战去完成。那时候我并没有想过，写稿慢真的是一个"问题"吗，是需要我不断训练或者加班来克服的障碍吗？

是不是互联网太快了，我们才害怕"慢"这件事呢？就像一度非常火热的"量子速读"，卖课程的人宣称，只要上了这门"量子速读"课，就能学会快速读完一本书的方法。一本200页的书，我们可以快速翻阅，在几分钟内就读完。可读书慢真的是要克服的障碍吗？读书慢说明大脑在提醒你，刚才那个句子没有读懂，你需要仔细阅读一遍。当你非常熟悉某个领域的内容时，读书速度自然会变得很快。如果把读书慢当作一个问题，迫使自己练习各种快速读书的方法，可能只学会了略览书目，无法理解书里更复杂的内容。

写稿慢不也是因为，我们想呈现更不一样的、更复杂的内容吗？按套路写作是最快的，但是制造这些文字有什么意义呢？

尽管当时心中已经有很多这样的困惑，我还是没有真的停下来思考或决定。工作总是一波接着一波，根本无暇停下来，我只能把"解决当下的问题"当作最重要的事，也就是重复地制造文字快餐。

当我成为主编后，这种痛苦更强烈了。我不再学习如何写作，而是参加"管理层培训"，学习如何带领团队。这些课程由专门的商业培训机构负责，我仿佛进入了一个 MBA 学习班，听着陌生的术语，然后被培训师追问，为什么你的员工愿意跟着你一起努力呢？你们共同的目标是什么？

我无法回答这些问题。我成为主编只是因为我来到这家公司更早，而且在经过这么多繁重而高压的工作后竟然还没有离开。我们也并没有什么共同的目标。作者的目标要么是写出更好的文章，要么是挣一笔收入。我的目标却飘忽不定。我是想做出一个优秀的新媒体品牌吗，还是想有自己的出色作品？是保证关注数增长，实现账号盈利，还是应该学会管理者的技能，这样哪怕跳槽去了另一家公司也不必再写作？

我分不清哪些是我真正的目标。我总是希望自己能有一个完美的回答——我的目标是不是成为出色的主编，打造一个内容优质、流量很好、很受欢迎的账号，自己还能写出优秀的作品来？

我的大脑里始终盘旋着一个假想敌：你看，就是有人既能写出很好的作品，又能做出优质账号赚大钱。你也应该克服这些困难，做到这样。

这种为自己树立假想敌并想要战胜对手的欲望，

最初可能激起过一丝斗志，但在执行中越来越暴露出不切实际的那一面，这带给我深深的挫败感和自我怀疑。

就像高中教室里贴着的"哈佛凌晨4点半"照片，我们刚看到时会提醒自己也要这么刻苦努力，于是试着在5点早起背书，精神饱满带着热情度过一整天，甚至还坚持了两天。但在第三天我们就会发现，这违背自然规律。人不可能每天都精神饱满地学习15个小时，如果有人声称做到了，那一定是在别人看不见的地方休息了。

不必要的麻烦

努力去实现一个不可能实现的目标，只会让自己付出远超过自身承受能力的劳动，但这些劳动可能不会带来任何成果。江洋跟我说："挑战难的事情本身并不是那么令人厌烦痛苦。痛苦来自工作的性价比。因为有些困难你没必要挑战它。"这些困难常常是人为制造的不必要麻烦。

江洋常常碰到离谱的甲方公司，他们会对内容提出非常不合理的要求，动辄"我们需要漫威的效果"，或是"一小时内可以反馈新一版的修改吗"。她还记得给"要求漫威效果"的客户工作的场景，看到客户要求的第一眼，她就知道这根本不可能。客户连 10 万的预算都没有，同事也都只拍过实际场景，没有任何做特效的经验，时间又非常紧迫。况且客户的整个构思并不完整，只是刚好觉得某个场景很酷炫，便想要尝试。领导却跟她说，客户的想法很难更改，不要再花时间跟客户谈判了，赶紧想一想这个需求怎么呈现。

结果就是，她按照客户的构想提交了一版内容，努力把客户说到的元素融入视频内容中，但是水平根本达不到漫威的效果。没有"漫威效果"，这个视频就没有什么吸引人的地方，因为漫威吸引人的很大原因就是"漫威效果"。客户完全不满意，所以她又推翻重来，按照可以实施的方案给了一版新的内容。

如果把客户完全无理的要求也当作挑战去完成，不会让你收到客户的赞美，也不会带来更多客户，反而会让你因为无法完成要求而被客户指责，或者以后全都是这样离谱的客户找上门来，因为没有同行愿意接待他们。

同样，在职场上，如果你是最努力的那个人，你得到的可能也只是更多工作。把工作交给别人可能会完成不了，但是交给你则可以加班完成。当流水线高速运转，不容许偏差的时候，靠谱就意味着要到处救火。

有好几次，我在周末被临时叫去办公室，因为新来的同事没办法写完甲方要求的稿子，而项目上线日期又不可以推迟，只能临时找人来完成这项任务。不管是对新同事还是对我来说，这都是不公平的。新同事被要求完成超出自身能力范畴的任务，无法完成就会被质疑能力，还会因麻烦别的同事而感到自责。我则要不断被临时安排去做不属于我的任务，打乱原有的计划，平白增加了很多任务量。我有时也会将怨气出在同事头上，认为是他们的不靠谱让我没办法好好过一个周末。

但等真的离开这里，我才能意识到，工作中的龃龉并非人格问题。离职后我找同事何安做了一次访谈。此前她的稿子经常无法按时完成，需要我帮忙写完剩下的内容，我也会为此感到烦躁。从她那里我听到的完全不是一个"不靠谱同事"的故事。

> 让别人去帮我收拾烂摊子，比如说那时候找你，我真的非常崩溃。我没有去医院看，但我觉得是需要去医院看的那种程度。有一篇稿子，我一整天坐在那就写了一段话，整个人一直手心出汗，就是发抖，根本就落不下去。
>
> 这个事情我觉得不算解决了，而是后面我避

开了。我当时总结了一下，为什么会出现这么严重的反应。首先非虚构它就是一个很难的东西，我又是对自己要求很高的人。能力没有达到，再怎么去逼迫自己，也达不到你想要的那个东西，所以当时就有点钻牛角尖了。其实离开也是个解决方法，就不再写这类稿子了。

做好人，还是做齿轮

工作是一个停不下来的巨型机器，无法适应快速的节奏成了不可宽恕的缺点。那些在日常相处中也许会成为朋友的同事，在机器的高速运转中无暇他顾，多一丝磨合都会徒增彼此的怨气。

热情、靠谱、善良，这些特质都成了麻烦。拥有这些特质，就意味着你要做远超自己责任范围的事情。只有一份普通的薪水，却要求自己写出卓越的作品，还要用有限的时间帮助同事处理他们解决不了的麻烦。回报是可能的晋升（但也要看是否有可以晋升的空位），以及更多的工作。

这也许是现代职场的通病。只要浏览社交媒体，就能看到很多分享如何拒绝、如何"发疯"的职场宣言。好像人只有抛弃这些特质，停止帮助他人以及义务劳动，才能在职场中存活下来。

但我仍然觉得这种想法有些残忍。好像我们也不由自主地把职场构建为一个只讲工作，只谈性价比，没有任何情感的地方。它当然可能是这样的地方，但我们必须是这样的人吗？必须非常冷漠地对待同事的求助，非常冷漠地对待自己的作品，才能"不吃亏"吗？我们要在这样的场合里度过一天中的八九个小时，这样真的值得吗？

为了适应高速运转的机器，只能将自己也变成齿轮，这是我想要的结果吗？这究竟是对工作的惩罚，还是对自己的惩罚？

职场中因为热情和善良所做的劳动，就像家务劳动。为爱人收拾房间，烹制食物，往往都是因为不计回报的爱。利用爱并宣扬爱，让对方承担不平等的家务，是一种剥削，但反抗的方式是计算每一份付出，并算清所有不计回报的爱的价值吗？

我痛苦的原因也在于，我在这件事上失去了想象力。我不知道什么准则是自己应该坚守的：是职场教会我的职场规则，还是我生长的环境教我的品质？现代社会割裂了我和我的过去，好像只有否定自己身上的某些"传统美德"才能迎来现代性的成长。但如果我不愿意放弃那些品质呢？带着热情和善良工作，是因为我想要热情和善良的生活、工作关系，不是因为我想要工作过劳、被剥削。

我尽力做一个好一点的同事和主管，不在下班后发工作消息，不临时提出加班要求，但我并没有改变根本的问题。我们仍然要赚钱，要快速出稿，要临时收到甲方的任务。工作的节奏并没有变化。我会自己加班来代替同事完成一些不合理的工作，然后在失眠和自我怀疑中搜索"优秀职场人的秘籍"之类的小视频，暗自怀疑自己到底是在做个好人还是根本不懂管理。我既担心自己太世故，又担心自己太不世故。既担心自己无法适应职场规则，又担心自己太轻易地适应了职场的规则。

所以我很痛苦，越想做个好人，就越痛苦。

直到最后，我也没有解决这个问题。不断增加的失眠时长和越加频繁的崩溃可能就是我对问题给出的答案。泰戈尔在《飞鸟集》中写道：

> 我庆幸自己没有成为权力的车轮，而是任其碾过的众生之一。

我把这些痛苦视作自己对抗职场的证明，这样才让我觉得自己不那么像一个齿轮或者零件。

但我不想太自恋了。也许我努力做个好人只是因为我害怕冲突。也许我多承担工作只是因为我没有勇气挑战整个系统，没有勇气拒绝甲方的要求、晋升的诱惑，也害怕承担未来的不确定性，不知道如果辞职又该找什么工作。

如果因为自己不敢挑战更大的体系，而选择在其中斡旋或妥协，那么我也应该承认，我选择的其实已经是相对让我不那么痛苦的事了。

也许做一些改变工作结构和模式的事会有一些不一样。比如争取少一些广告，争取给作者多一些时间，争取多建立人与人之间的联系，不要那么执着于增长，寻找别的盈利或者生存下来的方式……这都是离职两年后我的想法。当时的我已经对自己没有任何苛求。

10 高效机器

互联网行业和媒体行业都是超时工作和加班的重灾区。新媒体刚好集结了这二者的"优点",加双倍的班。赶 KPI 要加班,赶热点也要加班。

我在研究高科技公司超长工作时间的论文中读到这么一段话:

> "全职工忍受的诸多事情有时会让我感到心碎",霍华德进一步强调道:他们接受自己每周工作 50—60 个小时,把它当作约定俗成一样,这让我感到震惊。我总是对他们说,"我们的祖辈在芝加哥街头冒着被枪杀的危险,争取到了每天 8 小时的工作量,为什么你们就轻易地放弃了?到底

是什么原因？是公司让你们这么做的吗？"*

我要到离职之后，才能真正开始思考这个问题：为什么我们就这么接受了？

我想这经过了很多变化过程。最初是为了写好文章，为了让新同事认识自己的能力；后来是为了当一个靠谱的人，不给流水线上的其他同事带来麻烦；再后来是接手一些被宣称非常重要的任务，仿佛完成不了就会让公司遭受损失；最后我只想应付工作，自己的任务随便做做，但如果不回消息就会影响别人的进度，所以下班时还要加班回消息。

加班成了一种内嵌的公司制度。不管在哪个阶段，是刚来的新人还是工作几年的"老油条"，是最初级的写字工人还是高级职称的主编，总有一个理由让你加班。

互联网被想象成一个开放自由的平台，人们可以随时随地工作。这也正是无止境加班的理由。工作太便捷了，回复信息不需要特地去公司写文件，只要打开手机就能直接操作。在 WAVE，微信就是我们的工

---

* 引自恩达·布罗菲《系统偏误：微软公司中劳工的不稳定性和集体组织》，收录于姚建华、苏熠慧编著《回归劳动：全球经济中不稳定的劳工》，社会科学文献出版社，2019 年。

作软件，日常沟通、发送文件、布置任务等，都通过微信完成。哪怕在办公室里，同事就坐在对面，也常常会发信息而不是直接沟通。

网络技术打破了公司和家之间的界限，而生活和工作共同使用的软件，也让彼此之间的界限进一步消失。打开微信准备找朋友的同时，也会看到来自工作的消息。因为如此便捷，大家都会默认，及时回复信息是必备的职场操守。

有的公司会使用专门的工作软件，比如飞书、钉钉，这至少为工作创立了单独的空间。我有一位朋友每到周五晚上会卸载飞书，周一早上再装回来。她说在周末的时候哪怕不回消息，光是看到有对话框弹出，都会使她心烦意乱。哪怕这是周一才需要回复的工作需求，周六发过来只是为了备份提醒，都会让人在收到消息的瞬间开始处理信息，比如要不要把这项需求写进日程安排，需要联系哪些人，有没有需要提前准备的资料。所以最好的方式就是直接卸载，不接收任何信息，所有事情都等上班了再说。

为了避免加班，常常需要强行制造工作场合。比如最开始工作时，工作做不完我就会想着带回家里做，累了还能躺着休息休息。越是这样做越会发现，家里根本没法休息，为了完成工作常常要一整个通宵的时间。如果把工作留在公司里完成，哪怕会晚点回家，也至少有个结束工作的时间。不再在家工作还带来了另一个好处，就是我不再有升级电子设备的欲望了。我的电脑摔坏了，但一直没有买新的，这样我就没法在家工作了。我的手机也很旧，没法处理很多复杂的程序，所以不能随时随地在手机上处理工作。

这时我就会发现，不够舒适、高级、全能的家庭空间也是一个庇护所。最好连互联网都没有，这样就能彻底与工作隔绝开。

人们总是在追求便捷，将其看作现代性的标志。但便捷也意味着把自己生活的一部分自主性交出去，交给已经设计好的系统和规范。便捷的产品让我们更少有改变系统的动力。

便捷技术的牢笼

在工作中，这种便捷既是技术的，也是系统的。

技术的便捷体现在我们越来越容易通过手机完成大部分的操作。以新媒体来说，以前发布文章是要用电脑的，尤其是插图、制作排版等步骤。刚开始也没有可使用的手机后台，文章发布后，我们要在后台看评论和反馈，也都是在电脑上。现在，从制作一条内容到发布、互动，都可以在手机上完成。甚至手机剪辑软件也比电脑剪辑软件更快地普及了。

我和一位做视频自媒体的朋友一起自驾去云南玩，她一路上都在拍摄小视频。在坐车间隙，她已经用手机剪辑好了视频，当晚就能发布在网上了。但沿途的风景则因此被她遗漏。当我们惊呼刚刚开车经过的那条路花繁叶茂，她会抬起头问我们，刚刚发生了什么。

我对张掖七彩丹霞最深刻的印象，也是看着古老的丹霞地貌和渐渐落下的夕阳，同时在手机上快速回复消息，修改一篇稿件。我忘记那是什么稿件了，可能跟国庆假期有关。我清楚这些稿件对我来说没有任何意义，但还是在手机上快速地处理这些消息。对于网络另一端的同事来说，这是几分钟就能处理好的工作内容，因此他们希望我能尽快回复。但对当时的我来说，一分钟就足以让夕阳变一个样。和我同去的朋友在看到夕阳的时候泪流满面，我则徘徊在现实和虚拟两个世界中，无法沉浸在任何一件事里。

只能通过办公电脑发布文章时，如果需要加班，员工就会在办公室里加班。这时加班时长至少是被认可的。但是当一切都可以用手机完成，加班时间也变得隐形了。你只是在手机上回了几个工作消息，跟读者互动了几句，这些都是在你旅游或者吃饭的间隙完成的，只要几分钟，这能算是加班吗？

工作被划分成一个个细小的任务，便捷的技术让其中的劳动显得越发微小和不可见。个人时间被分割得越来越细碎。即时通信软件承诺，你能在很短时间内完成一项任务，同时不需要浪费任何往来交通的时间。但与此同时，原本可以用来发呆或者无所事事的碎片化时间也被工作填满。在工作与工作的交替中，又创造了更多的碎片化时间。

能在碎片时间内处理完成的任务，通常是不需要深度思考的任务，只凭下意识的经验判断就可以完成。需要快速产出内容时，手机让我们拥有了一间移动办公室，随时都可以发布内容。但相信"片刻就能生产内容"，也让我们对"内容"有了完全不同的理解——只要说得过去就行，不必精益求精。

我们已经越来越难以拒绝便捷的技术了。输入法会在打出一个单词后自动显示下一个可能的单词；图片处理软件按照风格分类给出了上百种滤镜；聊天软件帮我们想好了自动回复的内容。快捷的背后是相当雷同的表达。

人们总说技术是中立的，关键在于人类怎样使用它。但我并不相信这种说法。追求高效快捷的技术，不可能拥抱做事慢一点、专心一点、不功利、不追求多线任务的价值观。当人们称赞科技让生活多么方便快捷，让我们走出茹毛饮血的远古时代时，我开始疑惑，我们一定要这么快捷吗？

尤其对于内容创作者来说，快意味着什么呢？科技的便捷可以让我们坐飞机去事件现场，关心所有人都关心的新闻，而不是走路或骑车经过街巷，关心身边的故事。但它也让我们以目标为导向，让我们在出发前就知道目标是什么，并且以最快的方式抵达。可是内容创作，真的那么容易知道目标是谁，知道我们要关注的是谁吗？手机或者微信可以让我们更直接地联系到采访对象，我们不必走进他们的房门，认识他们的邻居，只要写下这个采访对象（此人往往已经在互联网上火过一遍）的故事就好。但那些因为技术不便而走的泥泞道路，就是在浪费时间吗？

最高效的方式往往伴随着最清晰的目的：知道目的是什么，然后找到一条最容易抵达目的的道路。对新媒体来说，高效涨粉的方式是知道如何调动读者的情绪，如何让他们更容易点开文章或者购买。对商人来说，快速赚钱的方式就是快速扩充自己的资产，扩大产业的规模。清晰的目的带来清晰的道路，工作者只要在这条道路上直接走就好了，不需要有太多杂念，也不需要过多的思考。多一点的思考都会让人没有那么高效，这些思考都会成为"怀疑最终目的"的杂念。

但人的目的究竟是什么呢？工作的目的究竟是什么呢？清楚的目的也可能让人成为通往目的的工具。因为不知道要去哪里，才有了探索无关风景的机会。

交流变成规范

在工作中，即便不知道为什么做某件事，我们也可以做得很高效，只要按照既定的方法和道路去走就可以了。思考只会让人迟疑，让人不想继续下去。如果我们把一份不需要太多思考的工作称为"机器人工作"，那越高效的工作就越是机器人工作。我们就是在这里成为机器。

高效的模式会配合高效的体制。WAVE 逐渐成为一个成熟稳定的新媒体公司后，这里也有了相当多可以直接拿来使用的规范制度。

在 WAVE 的线上工作空间里，一共有 45 个各类规范。运营人员、视频人员、写作人员的规范不同，但即便平摊下来，每个人也有至少 10 个规范要阅读熟知。

这是 WAVE 对新人的期待，他们希望新人一来就能迅速掌握全部的流程，然后以最快的速度产出。

留给新人的培训时间越来越少了。以前，这种培训是通过一次次的选题会、稿件分析评议来完成的，也会有专门的写作课程培训。但是现在，它们被固定成一个个规则，然后写成文档，发给新员工和实习生，默认他们通过阅读就会了解所有的内容。然后，新人再被问到工作，就是"产出的进度如何"。

我在 WAVE 写过很多篇写作规范和指导。不仅是关于如何写作，还有如何查找资料，如何审核文章，如何起标题……创作一篇完整文章需要的各个细分技能，都有相应的指导可以查询。这些指导规范都给出了最好的文章或者标题的范本。

其实写这些规范的时候我仍旧觉得快乐。它不是负担，而是一种思考创作的过程。我将自己的经验总结成方法，据此提炼最重要的写作元素。我会分享我在写作时犯下的错误，以此提醒自己如何规避。在写规范的时候，我也重新整理了自己的写作思路，这对自己也是启发。

我也会读别人写的写作指导书，不管是写论文的、写小说的、写新闻的，各种写作书我都读过。读写作书像是在跟另一位作者交流，我们分享自己在创作过程中的困惑。原来大家都在写开头的时候焦虑自己会写不出或者写得太差，会用太多术语模糊真实想法。这种阅读与交流让写作中的迷惘也显得不那么孤独。

但是，如果这种交流变成了规范，一切就又变得不一样了。作者无法在短时间内就按规范的指导写出一篇文章，新作者在写作中总是免不了有语言生硬、拖沓之类的毛病，这就成了没有好好阅读规范的证据。

我确实曾经觉得，把经验写下来，变成可以共享的文档是件好事，可以省去很多重复劳动的麻烦。但事实证明，劳动只是转移了，从面对面跟新作者沟通如何写作，变成了甩一个写作指导的文档，然后把工作时间更多用来回复信息上。很多原本会用一个会或者培训课程专门讲的内容，被阅读一篇规范取代了。我能同时跟更多的作者沟通了。以前我一天只能沟通一两个作者，现在我只要甩给他们文档，一天能和六七个作者沟通。但这对我、对作者，都不算是好事。

一个成熟的作者离开也不再是多么大的损失，因为作者的经验和方法早已写成了文档，方便新来的人直接拿来使用。

最成熟最流程化的部分是，任何一个员工，只要做了一件新的业务，都要把这件事写成文档，放在内部共享的平台上。比如大多数人都不需要跟法务打交道，但如果有员工因为某个项目需要跟法务沟通，就要把沟通的内容（在哪里找法务，需要什么审批流程，提前多久沟通，需要多少预算等）写在文档里，方便下一个需要做同样工作的人直接参考。

这些文档省去了我们反复询问的时间，让工作变得更高效，但有时候也更苍白。高效的系统里我们的人际关系是非常脆弱的，因为我们不依赖人际关系去开展新的业务、学习新的知识，我们只依赖文档。

离职后同事在某社交媒体平台上看到有人发帖称，自己曾经在 WAVE 做过线上作者，发帖人贴出了自己跟编辑的聊天记录，并简要介绍了在 WAVE 线上工作的流程。同事问我是否知道这个人是谁，我查了一下聊天记录，发现聊天记录里的编辑确实是我。但我不知道对方是谁，因为同样的话，我发给了至少 10 个人，每个人都收到了相同的几段话，是我介绍自己和表达合作需求的客套，然后就是一个文档。

我当时一个人至少要跟 20 个作者沟通，没有时间跟任何一个人详细聊。不仅我是这样一个工作机器，我联系的作者也变成了我眼中的写稿机器，只要能快速熟悉工作流程，然后按照要求提交文稿就好。我甚至不需要了解他们究竟是谁，只根据几个简单的标签，比如作者的专业、经历、爱好，就给他们派发相应的选题。不愿意在他们身上浪费任何一秒的时间。

如果当时来评价，我会说这种工作模式很高效，很快就能筛选出自己需要的作者，只不过前期筛选可能会费点时间。但是现在我不这么想了。如果一个编辑要同时对接 20 个作者，对作者的评价就只能是"好用"或"不好用"，不可能有时间去帮助一个作者成长，和作者互相支持。编辑和作者就只能是相互利用的关系。

工作之外，我是谁

如果说机器的一大特征是脱离了和人的关系，只需要朝特定的目标劳动，那么高度体系化的工作同样如此。我们方便快捷地从一切文档里获得所需的资料，不再需要有复杂的人际关系，但是这和前现代的手工艺人不一样——他们不需要人际关系是因为只需要对产品负责，而我们是因为需要处理更复杂的工作，更零散的任务。

我不知道其他工作是不是也像新媒体这样，如此杂乱，但同时又如此缺少人际的互动。销售人员的工作也常常很杂乱，但是他们直接跟具体的人沟通，也知道去哪里找合适的人帮他们完成某些需求。我们用一堆文档切断了和人的沟通，又被默认应该掌握文档里的全部内容。

一个小公司最初吸引人的地方，除了薪资待遇和前景，往往就是互动、包容的人际关系。公司里轻松平常的沟通氛围，可以给新来的人提供支持帮助。但是如今这些看不见的、来自同事友善的劳动被成熟的文本取代。节奏越来越快，员工之间的沟通也变得更少，跟产出无关的闲谈、互动也都变少。属于人性的那些缝隙被工作填满，劳动只为了产出。

效率最高的时候其实就是做商业稿的时候，常常在每年年末。甲方公司的广告预算没有花完，就会在这个时候集中投放广告。有一阵子，WAVE几乎每一篇文章都是广告。这种高效且完全得不到空闲的工作节奏，能榨干一个人对工作最后的热情。

江洋跟我谈起她在WAVE繁重的劳动中仍然感到快乐的时候：

> 我觉得写出来一篇好的稿子，那个过程让我非常爽。有时候我会熬很久写那么一段话，但是写出来以后我觉得，操，太牛逼了！我自己都很开心。我能感受到我又翻越了一座山丘，我又找到了一种新的感觉，我又完成了一个好故事。

但这些快乐很快被密集的商业稿任务冲散了。有一段时间，她同时要做三个视频项目。在拍摄一个视频的现场，脑海里就要想下一个视频的文案，还要回复上一个视频的修改意见。大脑得不到任何可以放空的时间。

外出拍摄的视频项目比文字项目更消耗体力，她每天早上 5 点就要起床，干到晚上 11 点才回去。她焦虑得每天都要花钱在淘宝上买"叫醒服务"。从来不长痘的她在那段时间额头上冒出两颗大痘。

我对工作的记忆，常常伴随着大量的记忆缺失。我只知道自己做了大量工作，但不知道我具体做了什么。比如虽然写过很多文章，报过很多选题，但我无法确切地想起写其中某一篇的情形。

能侥幸留存在记忆中的事情，总发生在办公室之外。比如我曾经跟朋友去某地旅游，诸如吃了什么样的饭、公园里有什么娱乐项目，都记得很清楚。或者是下班后，我待在出租屋内，用投影仪看旅行纪录片，幻想自己身在几千里之外，连当时脑海中的想象我都记得很清楚。反倒是在工作中真的做过的事，我已想不起来。

当我还在工作时，我就已经意识到这个问题。比如当朋友谈到某个时间，说他们做了什么，我总是难以回想起我那时在做什么，我只知道我在工作，但是在做什么呢？我不知道。

　　　　　　　　不再踏入流量的河

记忆消失让我觉得恐惧。就像小说中的经典段落，一个人意外失忆，醒来后不知道自己是谁。如果我记不起来自己做了什么，那我还能知道自己是谁吗？

当员工像机器一样工作，没有一点属于自己的时间时，他们一定会问：我是谁，我在做什么？我们的离职几乎都是从这一个问题开始的。当不知道自己为什么要工作，也无法再容忍这项工作时，我们反倒能够思考那个终极的问题——我们为什么要工作。当我们一直在工作时，这个问题从未被想起过。

11 工具化的系统

　　高效且快速的工作节奏，将我们打造成一个个无法思考的机器。但并不只有员工如此。工具化是一个隐喻，人人都在系统之中，员工是领导的工具，但领导也是公司的工具。

　　同事伍志在离职前跟我说，他离职的原因就是任务太多了，商业稿太多了。如果能把手中商业稿的数量减少一半以上，他还可以在这里再工作一年。但及至伍志离职前，他还要同时处理 9 篇商业稿。即便他已经非常明确地跟上司白景说了他的情况和诉求，白景最终也没有减轻伍志的工作量。白景是整个工作室的负责人，但 WAVE 隶属于更大的传媒公司 SHELL。像伍志无法拒绝这些频频增派给他的工作一样，白景也无法拒绝公司直接下派的商业稿任务。

　　SHELL 不仅有新媒体工作室，也有其他互联网业

　　　　　　　　　　　不再踏入流量的河

务,以及一整个销售团队。媒体部门有媒体部门的业绩,销售团队也有自己的业绩。当 SHELL 靠其他业务赚到了足够的钱时,它给 WAVE 提供了充足的资金去做内容,包括扩充 WAVE 的内容团队,提供更高的稿费预算。当经济环境变差,WAVE 也被要求盈利,但最后的盈利不只是给 WAVE,也要分给公司的其他业务部门,"上缴公司"。

SHELL 的销售部门与 WAVE 是平级的部门。他们寻找合适的广告客户给 WAVE,由 WAVE 来满足客户的需求。销售部门的绩效更简单明了:完成越多的 KPI,更高的营业额,就是更好的业绩。所以他们会在能力范围内洽谈更多的客户,而满足这些客户的要求,就是 WAVE 和其他平级工作室的责任。

WAVE 也是销售部门的工具。开始做商业稿后,WAVE 的追求逐渐从做好的内容变成了做更多的商业稿,但是作为大公司的一小部分,WAVE 的员工在额外做了大量劳动后,并没有获得实质的好处。

　　　　我们即便赚了钱,也要跟着一起砍绩效、裁员。这是整个系统结构的问题,你如果是在一个独立的媒体公司,去年那么难的时间,你赚了钱肯定大家都是能分到更多。或者在很难的时候,少接一点商业稿，也能维持下去，不会为了质量而去降低要求。但是我们就不一样了，我们为了能达到 KPI，所有东西都是商业稿优先。做什么稿子中断了没关系，商业稿优先。（何安）

这是一个需要合作才能完成的工作体系，但每个部门又都有自己的业绩要求。合作也是相互利用的一部分。我们看似是在一个公司内，但是每个部门甚至每个人都有如此清晰的目标，以至于没有什么共同目标可言。

对 WAVE 来说，共同的目标到底是什么呢？是生产好的文章吗？写出好的文章或许是作者的愿望，但是文章涨粉是运营同事的目标，文章能卖出广告是销售部门的目标。每个人对文章的看法都不一样，这中间原本的专业界限也变得模糊。

我们所有的东西都是被销售带着跑，这个公司定位变成了广告公司，或者以卖东西为主的公司，你的内容部门就只能为它服务。到最后就没什么好内容了。（伍志）

营收的压力变得非常大，一年比一年更大。WAVE

从 2019 年开始试水做商业稿，最初所有的甲方都会经过慎重挑选，不管是销售还是领导都会筛选符合 WAVE 品牌特性的甲方。写商业稿的要求也尽量和原创稿件的要求一致。但随着营收的压力越来越大，所有 WAVE 原先坚持的标准也都不见了。

2020 年，WAVE 被设定的 KPI 是一年完成三四百万的广告收入，那时每个月的稿件中还有大部分都是原创稿件。2021 年，KPI 翻到了 1000 多万，2022 年已经到了 4000 多万，2023 年变成了 9000 万。

这些营收额在我们刚刚开始做 WAVE 的时候根本不可能想象，但是它竟然就这样一年年顺理成章地被写进年初规划里。这让人感到绝望——什么时候才是头呢？增长永无止境，永远都可以定更高的目标督促大家完成，但是又有什么意义呢？那么多人来这里都是为了做好的内容，而不只是为了赚钱，但一年年水涨船高的标准显然给了我们一个明确的信号——这里以后都会是一个营收部门，再也不会想做好内容了。当然随着 KPI 的提升，WAVE 也招了更多的人进来，但每个人背负的营收压力仍然一年比一年高。领导层每次告诉我们做商业稿的意义时都会说，有了钱才能招更多的人，才能分担你们现在的压力，让你们腾出手来做原创内容。但事实是，更多的人进来也是做更多品类的商业稿，赚更多的钱。没有人因为来了新员工而减少一点点工作内容，整个工作室却因为招了更多员工有了更多的营收压力。

员工们被 WAVE 设定为完成营收的工具，WAVE 也被 SHELL 设定为营收的工具。随着业务越来越广，我们已经不知道公司到底要做什么内容了。内容本身不是目的，营收才是。

> 我们整个工作室被定义为一种工具。明面上说在做各种项目，但感觉没有朝好好做内容的方向走，做项目也是朝招商引资的方向做。我感觉就是全公司的工具，给公司贡献营收，贡献数据。你一旦被定义为这样的一个角色之后，你就很长时间出不来了。（伍志）

因为没有真正的目标，我们甚至也无暇思考什么样的内容才是好内容。当出现一个明确而又急切的 KPI 时，我们只能去满足 KPI。

躺平

这种急切的功利主义蔓延到公司的上上下下。不仅员工因为高强度的工作内容和KPI无法做出更好的决策，领导也同样如此。伍志和江洋谈及对领导层的印象，他们共同的感受就是，领导们虽然表面上非常"卷"，每天都在忙着处理各种需求，但实际上已经躺平了。

> 很明显的躺平，我觉得他们已经不想产出好内容，也不想真的做出什么创新的东西了，他们就想把商业稿完成送走就OK了。看起来还很卷，实际上已经躺平了，搞一些形式的东西。（伍志）

> 其实还是我挺在意的东西。我跟随的领导，他有没有一股要往前冲的劲儿，这个东西我非常在意。我觉得人的能量真的会决定你的现实，如果领导是躺平的人，这个地方就要完蛋了。（江洋）

"躺平"并不是不做事，而是不想对工作中的任何事物投入感情。不再不计回报地投入热情，而是对每一分毫的投入产出比都斤斤计较，只以最敷衍的方式完成工作。在躺平状态下，一个人仍然可能做很多事，但是每件事都是以最敷衍的态度完成的。虽然做了很多事，但是不知道自己究竟在干什么。

这种状态我经历过，伍志经历过，江洋经历过，白景虽然没有明说，但实际上他也是这样的。不管是最一线的员工、中层管理者还是工作室主管，我们每个人都在这种超高密度的工作中选择了躺平——这种最省力也最本能的自我保护方式。

伍志在 2022 年底曾经有一整个月的时间都没有回家，因为疫情管控，他出差时酒店不接受入住，最后只能在客户的办公室里睡了一晚。即便如此，工作仍然没有减少。因为很多同事感染新冠或者隔离在家，他还额外承担了大量的工作职责。这让他感觉连基本的生活都难以保证。

有了这个经历后，伍志的状态发生了很大的变化。所有的工作他都开始应付了。

每件事到你手上就会想，要么把活推给别人，要么就赶紧做完送走。我以前不是这样的。比如说我给客户做一个什么东西，我还是想尽心尽力把这个东西做好，一方面客户满意，我自己也过得去。后面我就不这么想了，我觉得一堆傻逼，赶紧走。

犹豫了两三个月后，伍志还是决定离职了。他还不知道自己要做什么，但已经知道自己没法再工作了。

> 如果离职的话，要么找工作，要么就休息，但是我想了想，我根本不想找工作。哪怕就业市场不太好，我也不想工作，这个东西战胜不了自己的。

员工靠一些微薄的信念支撑自己继续做下去。通常是为了拿到年终奖，或者每季度的升职资格。公司内的晋升系统这时体现出它仅有的作用——让有望升迁的少数人留下来，但是也让看不到希望的更多人离开。尤其是在发了年终奖之后。

2023 年，SHELL 因为效益下滑，停发了所有人的加班费，短短两三个月内，WAVE 的大批员工就都**离职了**。

> 加班费以前是稍微能有一点差异的东西，比如说可能 WAVE 这边报的比较多，别的部门低一些。还能稍微给大家一点激励。我猜，停发加班费后，可能大家的感受首先是心凉、极度不公平，然后才是钱。（伍志）

管理工具

当整个公司只为了追逐 KPI 存在时，我们原本可能有的主动创造的热情也都消失了。这种氛围在整个公司弥漫。对工作内容失去热情和对人失去热情，这两件事总是同步发生。沟通被表格取代，花更多时间沟通也是一种浪费。对领导来说，激发员工热情是天方夜谭的管理方法，最重要的事是控制员工的工作节奏。

在刚进入 WAVE 的时候，我们需要应付的管理任务非常少。只有一个稿件排期表，作者提前一天写完并修改完，发给值班的编辑就好。但是随着任务增多，一个人手上要同时处理好多个项目，我们开始引入各种各样的任务管理工具。光是学习如何使用这些工具就要花费至少半天时间。

这些任务管理工具会用各种可视化的表格，比如甘特图，展示任务处理进度。我们需要在图表中填上每个节点的时间，每项任务需要花费的时间，以及同时操作的还有多少任务。要确保每个节点按时完成，好最终按工期交付。

原本员工只需要交稿就行，但现在他们需要交自己每天的工作记录——查资料、找选题、浏览网页，这些时间都是没有产出的。你可能看了三小时的论文，仍旧一无所获。放在以前，只能说明你今天倒霉，没找到合适的材料，但现在你要把这三小时写在日报里。如果这类情况发生得多了，你需要找出原因，判断怎么提高时间利用效率，或者用下班的时间看这些资料，上班的时间多做有直接产出的内容。此外还有周报、月报，每段时间总结自己这个周期的得失，然后给出一些解决方案。

我为什么觉得这是领导躺平的标志，哪怕他们看起来真的做了非常多的事情？他们不断想方法，引入新工具、新理论去管理，严格控制每个节点，即便是再高压、再复杂的工作，最终也能差不多按期完成。

因为他们的最终目的都只是"完成"。像每个躺平的员工一样，只要完成就行，再多一分努力和情感都是浪费。他们要完成目标，是因为有更上一层领导给的既定目标，而不是因为他们自己有想达成的愿景。

一个躺平的作者怎么写作？按最基础的写作格式，开口就是一些老掉牙的表达，比如"你可能不知道……但你一定听说过……"，以此来掩饰他们什么都没想，只想快点把这个句子敷衍过去。别人可能两周写一篇稿子，他们一天就能写一篇，用非常敷衍的方式写。他们没有拒绝工作，没有直接不干，而是用一种非常消极的方式去工作，只求做完就好。如果 ChatGPT 再高级一点，他们可能就直接让 ChatGPT 写作了，只要读者看不出来就行。

领导的躺平，就是从依靠管理工具来管理开始的。他们不再希望用自己的思考、智慧或者哪怕人格魅力让团队工作更高效，而是直接借助管理工具。他们将自己从管理者变成了节点监测员，在每个节点提醒员工准时提交工作成果，或者在收到任务后将工作分发给不同作者。

这种管理方式跟众包平台上的 AI 助手没有差别。管理者自身也变成了工具，变成了公司的 AI 管理助手。如果员工是滴滴司机，管理者就像是滴滴平台。他们不再考虑怎样让员工有更好的体验，或者提供更好的服务，而是设置了一个个时间节点，提醒员工在什么时候该去哪里，做什么事，如果不做的话就可能扣工资或者绩效。

与 AI 助手不同的地方在于，这样一个希望控制每个节点的管理者，甚至不如 AI 助手更有效。因为 AI 可以做到立刻回复，管理者却不能。

何安说她一直向领导争取各种自主权，就是因为觉得这样更方便，她能自己做一些决策，不用事事向领导请示。

领导自己也很忙，有时候等回复等两个小时，我觉得这样真的很没有必要。

管理者拥有人性的地方体现在，他们仍然想对工作的结果给予指导，比如一篇稿子，可以告诉作者怎样改进。但他们的 AI 特质不允许这样，因为他们根本没有细看这些内容的时间。他们只能给出模棱两可或者不甚有效的建议或反馈，只要文章没什么大问题就好。

工具化的系统将每个人的技能都剥夺了。一个人能成为团队的领导，原本可能有各种各样的原因。有的是技术型的，他们在技术方面非常强，能够带领想做好技术的团队。有的是人际型的，他们的技术不一定很强，但很擅长人际关系，能让团队协作得非常好。也有人格魅力型的，大家就是喜欢他们。每个人都能发挥自己的特质，但是在这种高度工具化的系统里，他们的特长和魅力消失了，只负责提醒大家什么节点做什么工作，一天全部的时间都荒废在提醒别人做事上。管理者可能做了很多事，但失去了自己的技术或特长。

放任自己的技能生锈、腐坏，熄灭所有的热情，这是我见过最彻底的躺平方式。

表演努力

控制节点的管理方式看似控制了整个生产流程，提高了员工的效率，但也熄灭了员工的主动性。在自我调整的过程中，我们才能掌握真正属于自己的节奏。每个节点都控制，虽然看似最高效地完成了任务，但失去了可以思考的空隙。如果不知道自己真实的工作节奏是怎样的，员工永远不能真正合理地安排工作时间，因为他们不知道自己要多久才能完成这些工作，只能听从上级的安排。他们也无法做任何创新，因为创新不受控制。

不仅是领导层，公司整个机制也都变得更加工具化了。公司也躺平了。几年前，我们不需要每天打卡，公司不会特地查看打卡记录。但是从某一天开始，我们需要每天打卡，确保一天待在公司至少9个小时。为此，公司还引进了各种先进的打卡系统，包括人脸识别。

在这样的制度下，努力也是一种表演。既然要求在办公室待够9小时，那就待在这里好了。既然要求每个节点提交工作成果，在日报和周报上体现工作进程，那就在上面用各种花样写自己的成果好了。工作的核心变成了"向上管理"，关键不再是做好工作，而是让领导知道你做好了工作。

工具化的系统伴随着信任的消失，这种关系原本在人与人的交流中才会产生。工具取代了人际，考核取代了信任，创造出的就是大量无用且虚伪的考核内容以及表演。

> 现在（给客户工作）派的人越多，越显示我们重视，好不能理解。关键是有时候派的人多了，这个人手上有很多事，他也没听进去客户在说什么，就只是过去站着。（何安）

这种形式化工作在各种地方都很常见，不管是老牌国企还是新兴互联网公司。人们本以为互联网能够创造一种迥然不同的工作形式，没想到他们也只是国企的另一种翻版。

充满活力的小工作室变成大公司后，也用和国企一样的方式去管理。因为新加入的人都不再被当作可以独立工作的员工，而是被已有流程规范的工具。

不受掌控

作为写作机器，我们对自己的作品和工作方式也没有任何决定权。我们没有权力决定这些文章会发表在什么地方，被哪些人看到。

我的文章会被我非常讨厌的新媒体机构转载，因为他们有很大的读者群。跟他们互相转载是运营同事的工作。这只是很初级的个人喜好问题。很多时候，由于无法决定稿件如何刊发和处理，我们还要承受更大的人际压力。

同事江洋跟我说她对工作感到非常崩溃的一段时间，是不知道该如何处理稿件。

> 我去年4月份有一段时间非常崩溃，当时连发了三篇稿子，结果三篇稿子都出了问题。不是那种技术上的问题，而是采访对象发现身边的人看到了，就要求撤稿。我非常崩溃，不知道怎么解决这种问题。这让我觉得自己是一个坏人，我在为了自己的工作利益伤害别人。

这种状态之所以发生，并不全是因为稿件对当事人产生了影响。我的朋友有一次不小心把我的私人信息发到了公共社交平台上，我看到后提醒她删掉，她马上就道歉并删除了。但是在新媒体行业，删稿不是自己就能决定的。一篇稿件里包含着多个人的劳动，有些甚至还有甲方的广告投入，刚发布没多久就删稿，意味着一期内容的劳动白费了。作者既要给被采访对象交代，又要给主编和公司交代，夹在其中很容易感到不知所措。

不只是发稿，员工对写稿之外的任何事情几乎都没有什么决定权。

> 之前我找作者约稿写一篇卡车司机的稿子，写到了疫情时的情况。那一篇没有发，就涉及损稿费的问题。我跟作者就损稿费到底该给多少有一些掰扯。作者觉得没发是平台的问题，平台该承担所有的损失，但我们损稿费标准都很低。当时我很崩溃，不知道应该怎么解决这个问题，也非常害怕人际冲突。最后我找了领导来解决，他们谈拢了一个价格，我觉得这点很厉害，我不行。
> （江洋）

但这并不只是能否直面并解决冲突的问题。我们无法判断事情怎么做是合适的。有一套表面上的规则，但也有我们不知道的规则。对于正在做的事情，我们只能了解其中很小的一部分，无法整体了解。

比如，我们并不知道一年有多少经费可以用作损稿费，我们只知道损稿费的标准是多少。大多数情况稿件都能顺利发布（毕竟从选题开始我们就知道什么稿子能发，也会主动避免写不能发的稿件），但当遇到稿件发不了需要赔偿作者损失时，情况通常很不同。有的是因为作者写的内容实在达不到要求；有的是因为作者拖稿，已经过了热点的时间；有的则是因为敏感因素，原本以为能发的稿件后面发不了了。员工如果只按照固定的标准执行，既显得像个冷酷的机器人，也无法真正解决跟作者的冲突，甚至可能破坏和作者的关系，影响公司声誉。这种情况就只能交给领导处理。领导之所以是领导，是因为他们能决定什么是"特殊情况"，从而付高一点的稿费。

实际上，即便我名义上的职称是"主编"，我也不知道我们的财务情况是什么样的，不知道同事的工资是多少，广告盈利收入有多少，多少钱可以用来补贴给作者。我当然也无法给作者更高的稿费，因为我只有"主编"对稿件的权限，没有其他权限。

类似这样的事在 WAVE 非常常见。同事何安说，她连遇到客户不合理的要求时能不能反驳客户，都要征求领导的意见。

> 我经常会有这样的感觉：我不知道说什么话是合适的，我不知道做什么事是合适的。

职场等级是权力的等级，权力关系到我们能了解的信息。作为执行者，我们无从知道事情的全部，只能听从指挥。领导说某个项目很重要，不能出现差错，我们就只能加班完成，无法判断是真的重要还是说辞。当甲方非常难以应付时，如果领导说不能拒绝他们的提案，因为这是今年的重点客户，我们也就只能硬着头皮完成，无法知道我们是不是还有别的甲方，还有别的收入来源。

高度的职场分工看似帮作者解决了不少问题，让作者能够只写作，甚至不需要关心为什么写、写给谁看。但它也蒙住了我们的眼睛和耳朵。我们对自己的处境的谈判权更少了，因为我们甚至不了解自己的处境。我们只能从上级那里获得信息，而那些是他们选择告诉我们的信息。蒙住眼睛的毛驴可以更专注地拉磨，但是也失去了挣脱磨盘的能力。

同事伍志对我说，无法掌控自己的工作和失去价值感，是他离职的原因。这两者是一起出现的。

> 商业稿永远是我们退让，客户说什么就是什么，你就会觉得自己无法掌控工作，你也没有办法从这份工作得到什么意义，因为所有东西都按

照他的意志玩，即便你知道他的意志很错误。以前做商业稿，比如自己给客户提供一些你认为好的方案，你还是会很有价值感。

其实现在各种各样问题，比如说没有选题、标题不好、内容质量差，只要给我们足够的时间都可以解决。只要有时间有闲暇，还是能出一些好东西的。但是可以想象的是，只要商业稿一来，就把我们这些做内容的时间全挤占掉，把我们的节奏整体打乱。我们可能有一个很系统的内容和改进计划，我们有很系统地准备怎么培养一个新人，但是有商业稿就直接拉这些人做商业稿了。最后事态就往你根本预想不到的方向去发展，这就是失去了对工作的掌控感。

随时都可能出现的工作、随时会被打乱的计划，让这项工作也消耗了个人的耐心与激情。因为我们完全不知道自己在做什么，像提线木偶一样被操控和指挥。如果这个木偶丧失了活力，还会被责问：为什么不主动想一些解决办法呢？

事实就是，工作任务的问题非常好解决，只要有足够的时间和支持都能解决，但恰恰因为这是一个工具化的系统，员工根本无法对这个系统的疲软无力负责。

"不知道自己在干什么"是我听过最多的抱怨。我采访过的每一个同事都说过这句话，我自己也说过。每个同事的职业规划都不一样，每个人在 WAVE 的工作职能也不一样，但每个人都不知道自己在做什么。

我的领导也问过我，为什么没有了最初对工作的热情。我给过很多种不同的答案，比如工作太多太累、不想做商业稿，但那都是当下情绪的反映。如果现在再回答的话，我可能会说，我不知道为什么要做这些事情。跟热情最相关的权力不是管理他人的权力，而是自主权。人们说"权力是春药"，这只看到了控制他人的权力，却没有看到其中"自我决定"的权力。能自主决定做什么事，能获得支持去做这件事，是人能够保持热情的原因。哪怕遇到困难和麻烦，面临繁重的负担和压力，我们也知道为什么需要克服这些困难，为什么我们想继续。

在《六论自发性》中，詹姆斯·斯科特写道：对自主性的渴望、对工作时间的控制，以及这样的控制权带来的对自由感和自尊感的渴望，是被世界上大多数人口广泛忽略的一种社会期待。

但现实情况是，我们不知道自己为什么要克服困难，为什么要保持增长，我们也无法对要做的事情有最终决定权。正因为如此，那些愿意做好一件事情的热情显得尤其可笑。写稿的作者最清楚怎么改进一篇稿件，需要什么样的支持来提升自己的技能，但是他们无法决定自己能获得什么样的培训，是既有的组织、经验和领导决定了这些。最能做出好策划的是内容员工，但他们也无法决定给甲方提供什么样的内容，常常是甲方糟糕的审美和偏好决定了内容最终的样子。这个时候，投入的创意和激情都像是对自己的嘲讽。我经常在甲方要求写立意和审美都很庸俗的稿子后在心里说"他们不配"，然后随便写一篇稿子应付了事。

但应付甲方并没有让我真的好受一点。这种消极抵抗也在加剧我的消极情绪。努力提升能力变得没有意义，因为我决定不了发布什么样的文章，也阻止不了很烂的文章发布。我认为更好的表达可能被毫不犹豫地删掉，那些媚俗的句子则留了下来。

对工作的放弃也变成了对自己的放弃。工作占据了一天的大部分清醒时间，我每做一项工作都清晰地知道，我是在应付，我在混日子。这种感觉并不好，我好像陷在了某种情绪里无法脱身，明明没有投入什么情感，但连原本的情感也失去了。

对大公司、大规模的迷恋，是工业革命带给我们的思维。规模化养殖、规模化生产能更高效地产生利润。

只是在大公司里，规模化地生产文章，我们才是被修剪整齐的工具人。

工具人

员工是公司拓土开疆的工具，既可以随叫随到，也可以随时舍弃。

互联网号称是一个开放、包容的地方，任何人都有"选择的自由"。大家默认的规则是，如果你不喜欢这家公司，你可以随时离开。这里不是体制内单位，员工有随时退出的自由。但如果不退出，就默认要接受这里的规则。

互联网公司并不强调忠诚，至少没有大家想象中那么强调。人员流动非常频繁，大家都默认离职、跳槽是很正常的事情，不必对此有任何愧疚。公司也随时都在裁人。互联网公司的发展模式就是不断地招人，裁人，再招人。看到一个领域有爆火的前景，就迅速招人，迅速做起一大堆业务；当这个领域发展疲软，就把大量冗杂人员裁掉，不浪费一粒粮食。员工是公司开疆拓土的工具，"狡兔死，走狗烹"不是道德问题，而是"降本增效"的互联网管理思维。

裁员非常容易，也没有道德负担。只要给够了裁员赔偿，再粗暴的裁员方式（比如周一下通知周二全部离职）也能被接受。

抗争是一项非常消耗的劳动。对于自己要一直待着的地方，人们或许还会有让它变好的动力。但对于人人都知道不可能一直待下去，只是试试，不行就走的地方，这里未来什么样，和自己又有什么关系呢？

互联网公司也提供最丰厚的报酬。我在职时的收入是公益行业朋友收入的两倍，哪怕我认为她做的事情比我的工作有意义得多。内容生产已经是互联网行业中收入较低的部门了。其他技术类的工作收入更高。

当员工同时面临公司给的工作压力和收入的诱惑时，他们对工作压力的抗议，很容易被钱或者其他热情许诺收买。毕竟，换一份工作可能同样很累，但未必还能有这么多钱。我听到不止一个人对我说过，每个月就靠发工资的那几天支持自己继续工作下去。不管工作有多崩溃，看一看工资就还多少能说得过去。

WAVE 出现大批离职不是在工作最累的时候，而是在取消加班费和绩效收入、整体收入减少了四分之一到三分之一的时候。与之相对的是，尽管业内都知道某公司加班最严重、各种汇报工作最多，但大家仍然不辞辛苦地跳槽到该公司，因为那里给了业内最高的报酬。

当员工和公司的一切关系都只围绕着收入的时候，员工对抗公司的砝码就不存在了。公司不仅付费购买了你的劳动，还购买了你的加班、你的下班时间、你的每一秒。尽管这些没有体现在合同上，但体现在了工资里。一个热衷于反抗系统的员工，也是难以管理的员工，是公司随时都会开展的"去肥增瘦"计划中首先会被放弃的员工。

互联网公司，尤其是最知名的大厂，在行业中做了非常糟糕的示范。互联网行业是典型的投机行业，公司在投机中迅速赚到钱，再迅速展开更多的投机业务，不断把未立即见效的业务砍掉。在这个重复的过程中，人既不可能建立跟业务的关系，也无法建立跟公司的关系，只能像耗材一样被公司使用。

当人与公司的联系变得如此脆弱时，离职也并不能让我们免于劳累的工作。换下一家公司也是如此，甚至不如这里。这里至少工资高一点。

我们与公司的关系正在变成彻底的工具关系。付钱购买劳动，其余一概免谈。人们将这样简单的关系视作公司与员工最好的关系，因为大家已经厌恶了那种"把公司当成家"的虚伪说辞。可是当公司彻底变成只管付钱而不理会员工情感的公司时，职场变好了吗？

在 WAVE，我一直被传递的价值观是，工业化生产能保证内容更标准、更有质量，不管食品还是文章都是如此。所以在工作时，我总是非常依赖工业化生产的食物，也更相信专业的新媒体机构。但在一个工具化的体系里，不仅我们自己被当作工具，读者也变成了我们的工具。

我曾经在社交媒体上看到很多朋友刷屏转发媒体 B 的一篇文章，那篇文章非常有煽动性、缺乏反思视角，根本不像该媒体一贯的风格。我纳闷他们怎么会写出这样的文章，看完了才发现这是软文，非常隐蔽，不仔细读根本看不出来。

读者一直以来读到的都是这样的文章，他们从其他新媒体看到的也是类似观点的文章。向来权威的媒体 B，可以将这样的观点用翔实的资料、优美的文笔包装起来。读者信任这样的媒体，又需要这篇文章的情绪，就放心大胆地转发了文章，丝毫没有意识到自己读的是广告商和写作者精心编排的文字，被当作免费的广告传播员。

无论是绩效还是流量，只要这些外在的评判标准成为整个体系的追求，我们对读者的情感就会越来越肤浅，越来越功利。我们需要的不是能够诚恳地读完文章、平等沟通、提供见解的读者，而是"无脑"转发,热情点赞的读者。他们被抽象成关注列表上的数字,每个增长都是公司的财富,能够转换成广告费。我们写读者会喜欢的内容,读者以为自己读到了想要的内容,但读者也只是增长的工具。

跟真实的人接触,曾经是过去我认为能对抗这种工具化系统的方式。但当工作结构和内容无法改变时,我们跟人的接触也会变成对"人"的利用。

在新媒体行业泛滥的非虚构写作也许就是一个例子。我们和采访对象沟通,并非因为我们真的对他们的故事或者个人感兴趣,而是因为我们看中了采访对象身上的标签,标签背后是流量。

采访变得急不可耐。在新闻时代,记者不管是否对当事人感兴趣,都要采访多方信源,以确定信息的准确性;在新媒体时代,用"口述""自述"之类的包装,就可以免除"多余的"采访,只呈现当事人的故事。这带来的后果是,我们不仅可以对当事人丝毫不感兴趣,也可以不做任何有可能让我们对当事人有更多理解的工作。

采访变成了一个索取故事的行为。两个小时的对谈如果没有获得足够的信息,就是采访技巧不够,采访很失败。要面临排期和发稿的压力时尤其如此。写作者太希望找到一下子就能说出好故事的采访对象,他们更可能去记录那些本来就表达能力很好的人的故事，而无暇倾听沉默的人和微小的声音。目的性太强的写作者只想将受访者作为素材，无法真正关心受访者的内在。

我能理解为什么很多人不愿意接受新媒体的采访，现实环境当然是很重要的原因，但有些时候也因为其中利用的意涵太过明显了。连受访者自己都知道，既然都是口述，发自己的社交媒体上还能涨粉，分享给媒体能得到什么？有的受访者会在接受采访前要求金钱报酬，将采访变成彻底的交易——一个拿钱买故事的行为。收了钱的受访者大可以讲高效的、你希望听到的故事，但这是我们想要的结果吗？我们也大可以用付费的方式，去找热门帖子的当事人采访，高效地获得一个故事，但这还会是带着作者思考、与受访者平等对话的故事吗？

一个工具化的系统意味着参与其中的"人"被塑造成工具。这些系统中不只有员工和管理者，还有读者、受访者、消费者。

12 情感作为弱点

职场不欢迎"情绪化"

在高度工具化的地方，人的情感会被当作弱点。

太敏感的心不适合竞争残酷的职场环境。人们无条件接纳了职场就是一个不讲情面、只讲成果、只看竞争的地方。

在 WAVE，大家提起某个人比较情绪化时，伴随的评价都是"不够职业化"。在职场中表达情绪是一种不职业的行为。我们既不能讨论情绪，也无法回应情绪，只能遵守这条规则——不要有情绪。

何安就是同事中被认为比较情绪化的一个人。她遇到不满的事情常常会表达出来，为此也经常和领导或者同事吵架。这样的行为被认为不够职业，因为会给别人带来压力和麻烦。

何安说，她只是想尽快跟领导把问题沟通清楚，对事不对人，有时候没有那么注意说话的方法。她有次在办公室情绪崩溃大哭，是因为写稿遇到了瓶颈，她不知道如何解决。很多发生在办公室内的争吵，也是她认为问题有更好的解决方案，因此跟领导争执。

职场中不宜表露情感，也许是因为职场无法暂停。我们在谈论情绪时总带有相当消极的评判，将之视作影响工作节奏、降低工作产出的绊脚石。员工被假想成完美的、运转良好的机器，无论来了什么任务都能有条不紊地完成。有了情绪就像机器出了毛病，突然无法继续运转，要暂停工作去"调整情绪"，或者由别人来"安抚情绪"。

情绪不再是生命体验中正常的一部分，而是一种需要被抑制或者治疗的顽疾。招聘方喜欢在招聘要求里强调"情绪稳定""抗压能力强"，因为他们也不愿意承担额外的情绪劳动。谁会想要一个轻易坏掉的机器呢？

职场确实能治疗"情绪化"这种不适应工业时代的顽疾。漠视就是疗法。如果你跟领导或者同事大吵过很多次，但是所有问题都没有得到丝毫解决，一切都还是照旧，你就不会再有情绪了，而是学会直接接受——这比大吵一通之后再接受还省点力气。

何安说她小时候就是一个会跟家人、亲戚甩脸色，表达自己不满的小孩。因为只有这样，她的不满才会被看见，而不是被当作小孩子的玩笑无视。早在互联网上"要学会在职场发疯"的言论出现之前，她就能够直接跟领导表达不满，在会议室里常常一吵架就是一两个小时，以至于同事们甚至失去了偷听的兴趣——怎么还没吵完啊。

但是在她离职前的几个月里，这样的争吵也减少了。

> 跟他们争吵之后，我意识到我没法改变他们，就会有一些摆烂的情绪出现。以前没事都要跟他们吵一下，想开了之后就很少了。一开始争吵，还是希望说能把这个事情做好。跟领导意见不合的时候，我就有点摆烂的想法，因为我觉得既然都是你来决定，我干吗花那么长时间熬夜去把它做好。

那些被视作负面的情绪——生气、大哭、争吵，跟被视作正面的情绪——兴奋、热情、主动，是同一种愿景下的心情起伏。因为想做好一件事，所以才会有非常强烈的兴奋、热情，也会有遇到困难和否定时的崩溃、大哭。但是在职场，我们只肯定前者，认为后者是不专业的体现。

为了成为专业的职场人，我们只能隐藏起自己负面的情绪，或者将这种情绪视作负面的、应该被克服的特点。就像要克服脆弱一样。

情绪劳动

在 WAVE，每个人都用各种方式证明自己是职业的，没那么情绪化。但其实每个人都会流露出他们的情绪，特别是领导白景。他尤其需要别人看到他的情绪，分担他的情绪。

每次白景跟他的领导开完会后，都会非常焦虑，让我们所有人过来一起开会。白景会说上级又给他下了什么样的任务，现在的经济形势又是如何严峻。他在会上想很多办法，或是让每个组构思一个新项目，或是要求大家严格考勤，或是给大家分析文章数据并指出不足，或是让每个人用新的方式提交周报月报……

这些都是他的情绪，是他焦虑的体现。有时候你会觉得他安排的一些工作根本毫无必要，只是徒增员工的行政工作。但是安排工作就是他缓解焦虑的方法，仿佛只要安排了这些工作，我们的问题就解决了一部分。

白景当然也会有生气的情绪，这在员工那里都属于负面情绪，但是到领导这里就不一样了——哪个领导不生气？他会生气员工没有按要求完成工作，也会立刻得到回应——员工马上就会重新做一份工作内容交上来。生气也是一种工作方式，偶尔施加威严，提高团队工作效率。

情绪被冠以负面评价，并不代表我们不需要为此劳动。这成了一个相当残酷的游戏。当你能看见他人的情绪时，你就要为此付出更多的劳动。

作为上级，当你布置了一项紧急任务，临时叫员工加班，他脸上闪过一丝不悦的神情，你该怎么办呢？

你可以解释这项任务的紧急性，承诺完成后给奖励或者假期，主动订购零食加餐，甚至留在这里陪着一起加班。这些劳动同样不是必需的，即便不给员工任何解释或奖励，这都是他们需要完成的内容。这些劳动都是为了安抚情绪。

人的尊严也在这些情绪劳动中被看见。能够意识到员工同样是需要被尊重的人，而不仅仅是"比比谁能更好更快完成任务"的赛马，或是有工作就得立刻完成的机器。

但对于管理者来说，这意味着付出很多额外劳动，至少要赔上笑脸。这些看似微小的劳动，当任务多到不可计数时，也变得庞大起来。人们已经无暇顾及是不是让某个同事不高兴，谁又面露不悦了。任务一个又一个地堆积起来，可能体现关怀的缝隙都会被任务填满。上下级之间变得更加陌生冰冷。

白景虽然是一个经常会表露出焦虑等负面情绪的领导，但你也更容易感觉到他开心的情绪。某一篇稿子流量很好时，他会请大家吃饭、买奶茶之类的。他也是会在选题会上主动讲笑话、活跃气氛的人。

施武是我的部门主管。在应对情绪上，他更加成熟、职业。他的方法是主动选择看不见这些情绪。

离职一年多后有次我和施武吃饭，我跟他讲了我当时离职的原因。除了工作太多，给我带来很大压力的就是没办法处理别人的情绪，我完全不知道如何应对。我作为主编要处理各种事情，经常要发布一些自己未必认可的任务。比如可能要让同事在周末加班赶稿子，或者晚上 10 点之后还要修改文章。有时候公司要求大家全都要填写考勤情况，我需要把这个任务下达给组内的同事，督促他们完成，哪怕我知道他们手上还有很多其他的事情要做。

我说这些事情是让我离职最主要的原因，我没办法不在意别人的感受。当我要让别人做一些我认为不必要，但又是上级要求的事情时，我会感到非常愧疚。我可以忍受工作的麻木和劳累，但这种愧疚感是我无法忍受的。这让我觉得自己心中一些原始的价值观被破坏了。

但是施武说他并不会这么想。他甚至诧异我会这么想。"加班这么多又不是我想让大家加班，是公司给的任务。"施武极少生气，甚至都不会表露出焦虑的一面。他完全是最理想的职场人样本。当我们的工作任务很多，同事毫无头绪时，他会把大家叫到一起开会，把任务拆解成可以完成的步骤，再一步步推进。当一个同事无法完成某项任务时，施武也能很快将任务分配给其他同事。他给人的感觉就是不会内耗，甚至会让人觉得内耗毫无必要——为什么不用这些时间想想怎么完成工作？他甚至表现得像"读不懂脸色"，在布置完任务后，即便有人表露出不耐烦或者不满的情绪，也不会特别影响他的工作。

施武不会因为别人的情绪否定自己的行为，或者至少表面上如此。他也是被认为最职业的人，你在他面前不会感觉到被区别对待，因为他对同事不会表露出喜欢或者不喜欢，同事只分为能做好这件事的和能做好那件事的。

何安，作为最常在公司表露情绪的那个人，自然也见识到了施武处理情绪的能力。

> 我记得当时写一篇稿子的时候，遇到一些瓶颈，然后大哭，我第一次当着施武的面哭。我印象深刻不是因为我哭，而是我哭了之后，施武说，好，让我们来看一下这个题应该怎么改。我觉得贼好笑，后来我就给他起了一个外号：机器人。

很多人都在施武面前哭过。工作中值得哭的事情太多了。施武则是被认为最能好好处理这种事的人。因为他可以把让人痛哭的事跳过去，继续说工作主线，而不会被你的情绪带到另外一个话题。

何安说她自打那以后就没有再在施武面前哭过了，因为感觉"太扯了"。这样想之后，她的心态就变了。此前她一直说，内容创作不可能没有情绪，有情绪是因为想把事情做好。但在这之后她说，这样也挺好，不用再在同事面前敞开心扉了，大家只是来这里工作的。

跟施武共事有时会让人感到轻松，也许是因为我们不必为施武做任何情绪劳动，不用太在意他怎么想的，他所想的都会直接表达出来。但有时也会觉得残酷，因为在他眼中似乎没有不能解决的问题，所有工作不论一开始如何抗拒，最终都要推进。

这样一套只讲工作不讲价值和情怀的模式，也降低了作者对公司的期待。他们很清楚，写稿就是为了赚钱。情感只会耽误赚钱。

价值感与情怀

我的前实习生齐雨去了 TIGER 之后说，她觉得在 WAVE 的工作更简单、直接，没有那么大的伤害。TIGER 是 WAVE 的镜像。在互联网上，TIGER 有相当不错的声誉，这是一个创建已久的非虚构账号，经常出爆款的文章。很多读者都认为 TIGER 的文章有情怀、有态度，语言修辞也非常优美。

齐雨则告诉我，她在那里感受到的伤害比在 WAVE 多得多。因为在 WAVE，领导们传递出一个非常明显的信号：工作就是工作，我们要做的就是工业化写作，输出合格的文章。WAVE 的领导从来不会给文章"上价值"，他们甚至拒绝称自己为媒体，只说是"做号的"。WAVE 要写的也是不那么"情绪化"，只分析总结、提供信息增量的文章。

但 TIGER 不是。齐雨说："我们同一期七八个实习生，话筒递给随便一个人，90% 都会说自己最喜欢的作家是何伟。"每个人都熟读何伟，对非虚构充满热情。在选题会或者平日的沟通中，编辑也会有意无意地强调媒体的价值和写作的意义。

这种对媒体行业的价值感和情怀，也是包括齐雨在内的写作者选择 TIGER 的原因。但是她对 TIGER 的滤镜在开始工作后没多久也破碎了。即便离职两年了，她也忘不了当时两件事情对她的冲击。

一次是写一个商业大佬的故事。按照齐雨对 TIGER 定位风格的理解，她应该写一篇类似于商业分析的文章，分析该商业大佬的公司运营情况如何，他本人对公司产生了什么影响。编辑的要求却是写大佬的花边新闻，尤其是当时很火热的离婚官司。那时候齐雨就有一种感觉，写的内容跟八卦小报没有任何区别，后者说不定用词更火辣。

这还是一个急稿，没有时间采访，需要几个作者快速查资料写完，好赶上热点。当时在会议室里，齐雨的同事就问，写这篇稿子的意义是什么，为什么要追这样一个热点？

主编非常诚恳地告诉他们："我们为读者提供的最重要的就是谈资。"齐雨说，她听到这句话的时候完全不知道该作何反应。当她反应过来时，她才发现其中巨大的讽刺。因为来到 TIGER 的人，比在 WAVE 工作的人更有新闻理想和写作热情，但在 TIGER，居然也像在其他新媒体机构一样，作者的自我定位也是给读者提供谈资。

> 我记得 TIGER 当时那个主编说出来的神情，就是她很相信她说出来的这句话。她身上有一种很典型的传统媒体人气质，就是很知性，很相信媒体的价值这一套。但是她用这种语气说出了"我们就是要给读者提供谈资"。

另一次也是明星离婚后写的热点稿件。头一天下午出的新闻，第二天中午就要发稿。写作时间太仓促了，虽然名义上是写人物故事的非虚构，但实际上没有任何采访，也是通过收集整理资料来完成写作。

> 当时我还在外面，实在找不着资料，没时间了，有一部分资料空白，我是通过所谓的文笔去填充的。我在稿件中给他（明星）下了一个判断，写了一些优美的废话，总结了上文，再自创了一些细节。

这是一种在 WAVE 和 WE 都无法被通过的写作模

式。在 WAVE，语言的第一要义是简洁，这些废话会被编辑直接删掉。但在 TIGER，这段"优美的废话"被当作摘要贴了出来。"我当时就觉得好讽刺，好像我的实力被证明了，我文字很好，但其实被证明的是一个很虚无的东西。"那时候齐雨就觉得，TIGER 标榜新闻理想、媒体价值，只是嘴上说着好听的话。实际上，这里也是一个向流量看齐，写一些迎合读者的八卦的地方。

在 TIGER 面临这种价值感的虚无时，WAVE 成了齐雨的情感避难所。她甚至更喜欢写 WAVE 的商业稿件。齐雨很清楚，写这样的稿件就是为了赚钱，不需要在稿件上投射任何价值和意义。她说写这种稿件就像做文综题，只要把答案写上就可以了。在这样的稿件上，作者不需要付出任何的情感，情感只会给自己增加工作负担。"因为一篇稿子情绪崩溃，再去修复自己的情绪，这也算占用工作时间了，对吧？"齐雨这么说道。

她在写商业稿时会有明确的时间安排，绝对不为此多花一秒的时间。

比如说我计划下午两个小时写完商业稿，写了一个半小时，还剩二分之一。我会想办法用那剩下的半个小时，赶紧把后半部分糊弄完，即使质量远不如前一半。

写作的过程变得非常麻木，但是她觉得麻木也挺好的。因为在 TIGER 那里，她曾经试图不麻木，带着热情和使命感去写作，但受到的伤害反而比做一份只图钱的工作更多。写商业稿时，她跟工作保持了必要的情感距离，反倒能够轻松地面对写作过程中来自甲方和编辑的修改要求了。

只要不把这些工作视为写作，不把工作跟个人的情感挂钩，就不会有那么多因为写作的情感被忽视、被否定而感到的痛苦了。

齐雨的经历不算是特别的。能留在新媒体行业的人，无法把自己看作诚实的写作者。如果是这样的自我定位，就没法再写下去。但如果只定位自己是乙方、打工人、互联网运营、流量推手，这份工作又能做下去了——工作只是干活然后拿工资这么简单的事，不用想着在工作中实现什么个人价值，也不期待职场能够安抚这过剩的自我意识。

但问题在于，齐雨从未觉得自己在 WAVE 和 TIGER 写的文章是"真正的文章"，是让她满意的文章。那些她通过高超的职业技能完成的写作，会被她归为写周报一样的工作。"你会把写周报当作写作吗？你会担心写太多周报影响你的文笔吗？"

我们理直气壮地相信，写作可以不带情感，只要像完成工作一样去完成就好。但我们也无可奈何地承认，那样的作品不是写作。它可以是工作、文案、任务、报告，是任何别的东西，但它不是写作。

我们可以写这样的文案、报告、方案，但我们不会阅读它，也不会在里面展示自己的写作特色。

更重要的可能是，齐雨只是一个实习生，她可以随时退出，她知道自己不会在这里工作，只是要赚钱。但 TIGER 的工作曾经是她对这个职业的想象。当这一想象被击碎，情感被否认甚至被欺骗的感觉又会出现，她感受到的就只剩下痛苦。

美德成为负担

职业的人意味着，他们在有相当多负面情绪的情况下，仍然能够顺利完成所有任务，不带来任何额外的麻烦。

但这是一个假想，通常与事实不符。

往往是那些技术最成熟、经验最老到的人，能够展示自己的负面情绪，甚至可能因此罢工，不按时交付工作内容。往往是刚进入职场、没有更多话语权的人，会选择在职场中隐藏所有的负面情绪，即便遇到相当大的困难也咬牙完成。

如果在职场中隐藏情绪被视作"职业化美德"，这种美德只约束最弱势的人。人们要求下属、新员工、应届毕业生恪守这一美德。当技能容易被取代时，美德就是唯一的砝码，保证他们不会变成需要经常维修与照顾的机器。

对于真正拥有这些美德的人来说，美德变成了负担。江洋在工作时非常靠谱认真，但她也因此承担了很多原本不属于她的工作。

> 去年我跟同事一起搞纪录片，我们客户确实很离谱、很龟毛，同事被气得不行，他就摆烂了。但是我又不能摆烂，就变成了我替他做他该做的工作，就是跟剪辑去沟通去盯紧，都成了我的工作。

我问她，为什么你觉得自己不能摆烂？她说，责任感。如果自己不做，这项工作就无法完成，责任感让她即便不情愿也毫无选择地承担了本属于同事的工作。

压抑自我情绪也许能完成一时的任务，却会带来很多负面感受。情绪所代表的最直观体验——不公平、不认同，被"职业化"之类的词语盖过了。个人的情感不再重要，甚至成为一种负面评价。

这不可能不带来自我怀疑。做好人变成了诅咒。如果做个好人是一个人前25年生活的信念，职场则让人否定自己赖以生存的信念。抑郁也许就是这种否定留在身体上的痕迹。

互联网的工作模式是：要么成为齿轮，要么被齿轮碾碎。一个没有情绪的人，才能够成为机构的齿轮，让它永远不停止转动。

但面对这些情绪，并不只有让自己变成机器人这一个处理方式。齐雨曾经跟我说，她觉得在工作中跟同事之间的龃龉、摩擦，只要工作量少50%，就能立刻消失，每个人都会变成大好人。美德也不会变成负担。

我们离开这个行业一两年之后再回头看，仍然会觉得同事至少都还是好人。在生活中碰到这样的人，你未必和他们是朋友，但至少也会和平共处，哪怕是领导。白景是喜欢慷慨表现善意的人，他也能承认自我局限，看到别人的长处；施武则很温和，总能帮忙解决一些问题。但当工作量超出人的承受范围后，每个人都显得面目可憎。每个人都有坏脾气，或者近乎没有人情。

　　只要工作量少一些，很多事情完全可以找到大家都能接受的解决方法，也完全能够在产生冲突后有时间停下来，耐心沟通一番。

　　比如江洋因为替同事承担额外的工作而痛苦，但如果公司不是急着完成这个项目，可以有空隙等同事处理好情绪，那么她就不必额外承担。即使江洋承担了额外的劳动，如果工作可以暂停，江洋也可以休假，可以照顾好自己的情绪。事实却是她必须马不停蹄地做新的任务，得不到任何对"负责"的肯定。

　　用减少工作量、放慢工作节奏来解决问题，这种方法竟从未被考虑过。高效率和大量工作被毫无理由地接受了，为了达成目标，我们只剩下两个选择：要么要求自己成为不带情绪工作的职场人，要么接受自己不够职业，陷入自我怀疑。

　　如果我们能认可作者独立的思想、特有的情绪，并对这些特质给予基本的尊重，而不是将之看作"不职业"，那么，这些特有的情绪也可以激发出特定的创作——只不过不是那么工业化的创作。但是这样的解决思路也从未被思考过。要解决的既不是太重的工作任务，也不是去个性化的写作方式，而是人的情绪。

　　想要做好某件事，总是会带来很多情绪起伏。当无法改变整体的结构或结果时，相当多一部分情绪可能都是负面的。

但是公司并不认为负面的情绪是一种需要系统性支持来解决的问题。互联网行业更包容，这里可以容许人有负面情绪，因为"那是正常的"，每个人都有负面情绪，所以解决负面情绪也是个人的责任。在这里，抑郁症不是可耻的事情，因为它"只是疾病"，去治疗就好了。同事们会不经意地谈起，某个人一边吃抗抑郁的药一边工作，没有人会觉得异常。让员工感到痛苦的工作节奏、工作氛围，却不需要被治疗，因为这是职场——职场就是这样。

否认情感、反抗与自我

回想起在 WAVE 工作的几年，我想到的常常是痛苦。

这些痛苦跟实际做了多少工作没有关系。即便是临时有事或需要半夜加班的时候，我感受到的经常也只是烦躁，不是痛苦。烦躁是一种相对轻微的情绪，我们有明确可以责备的人——甲方、领导、同事。我们被迫做自己不想做的事情，完全是因为别人的失误。在这种情绪里，至少我们认可自己的付出与品行。

但痛苦不是。痛苦是对自己的深切怀疑。它经常发生在刚好能喘息的深夜。在回顾白天发生的一切时，我对这一切都感到怀疑。

在做主编的日子里，我常常感觉自己像是上级与下级之间的缓冲剂。大量的工作都是这种缓和情绪的劳动。将毫不留情面的任务指标，揉捏进些许情感去叙述，再去应对任务本身带来的不满。

这种工作非常消耗我，而且是以一种不被看见的方式消耗的。

脆弱是不正当的，是不够成熟、不够职场的表现；不能合理提出要求又是"太乖了""逆来顺受"。每一种情绪都浸泡在审视中，因此格外沉重。我很难记起自己在办公室笑的时候。我总是不笑的。回到家里就直接躺着，刷搞笑小视频，我几乎只看搞笑类的视频，那时候我会笑。但有时候系统也会推荐一些悲情的小视频，我也会跟着哭。好像只有在这种时候，情绪才是可以随意流露，甚至是泛滥的。这个过程不伴随思考，我有种想让时间急切过去的盼望。看到睡着是最好的，这样就可以无痛迎来第二天。

那个时候我开始看心理学相关的书，试图用某种"疗法"让自己好受一点。书上说情绪不完全是思考产生的意识，也是一种身体反应。我想我的情绪是不是因为太长时间待在格子间里，无法晒到太阳，很少运动，缺少多巴胺造成的。于是我按书里的方法，去办了健身房的卡，花钱请了私教。

教练是个跟我年纪差不多的女性，她人很温和，但又不至于太过热情。这样最好不过。我那时候没法跟太热情的人相处，因为我没有同等热情回应。她教我使用健身房的器械，但我只能在她的陪同下做一些机械的锻炼，自己一个人完全没有锻炼的力气。有一天她要教我做一个卷腹的动作，我躺在瑜伽垫上，就是起不来。她说："你起来练一下，不用 10 个，先练 5 个就行。"我说："为什么要练呢，躺着不也很好吗？你也可以休息。"我还花了 1000 元办游泳卡，但一次也没有去过。下班后我总是想直接回家，直接躺下。

我是在离职后才开始自己主动锻炼的。不是因为意识到"锻炼身体很重要"，而是有了活力，想要出去玩，想要爬山、游泳、骑车、跑步。在以前，这只是苦力。我意识到"早睡早起""多锻炼"之类的"有益劝告"是多么无用，这些所谓的"好言相劝"最终会演变成对个人"不够努力""不够勤劳""不爱锻炼"的指责，看不到脆弱的原因。

很多人并不讨厌自己的情绪，直到他们开始工作，直到情绪成了他们的负担。不被回应的情绪只会给自己徒增负担。脆弱、愤怒、伤心的瞬间，好像都成了自己不够职业的证明。你必须花很多时间去思考："这是我的问题吗？"

这些思考也不可能得到回应，因为职场永远在强调"不相信眼泪"那一套，永远在告诉你这些情绪是"内耗"，是不值得的。必须足够冷静、没有情绪，才能担当重任。

职场将这一套逻辑推演得越发极致。情绪不可以被看见，也就没有了被讨论的必要和途径。情绪直接被视作不职业，展示它就意味着麻烦。我甚至不知道那个时候可以跟谁聊这些情绪。当然我可以和同事聊，但聊到最后总会不可避免地变成共同抱怨。事情不会改变，只会加重无力感。

"非暴力沟通"之类的概念，生活在互联网世界中的我们已经耳熟能详，但我们并没有练习的机会。要么忍耐不语，要么就是带有攻击性的情绪发泄。情绪只存在于这两种极端中。

将职场塑造成一个没有情绪、不承认负面情绪的场所，恰恰阻碍了我们对职场环境的反抗。因为一切做不到的事情都会变成自己的责任。在职场中表达生气、抱怨、伤心，都被认为是"不职业"，但正是这些情绪构成了我们的反抗。刻意忽视这些情绪，就是刻意忽视这些已经表达的反抗。否定这些情绪，也就否定了个体反对工业流水线的正当性，进而把工具化系统的问题转变成个人情绪的问题。

我对过量工作的抗议，通常都是从自己的情绪开始的。往往是我的情绪最先提醒我，工作已经超过了能力负荷，不能再这么做下去了。我的情绪差到无法继续上班，只要想到办公室就会哭。看到手机消息就会烦躁，强烈地想要关机，又被理智拉扯着告诉自己不能关机，终于在这种拉扯中崩溃。

但当这种崩溃无法再在职场中被掩饰，转而变成在领导面前大哭时，我的声音才有可能被听到——我跟他们说我干不下去了。

情绪崩溃击碎了很多我以为很重要的东西。比如在职场中晋升，成为一个很好的、被信赖的人，赚钱等正向的价值。我开始拒绝过多的工作，并不因为我洞悉了职场需要边界的道理，而是因为我承认了，即便在职场这个不留情面的地方，我也是一个脆弱的人，一个不能按照某种假设的轨迹机械完成任务的人。

情绪崩溃后，我有了更彻底的拒绝。我拒绝工作。工作原有的价值在我心中已经崩塌了。我不需要它带来的社会地位或者社会价值，我甚至不认为这里生产的内容有什么价值。

在情绪崩溃前，我对工作的反抗是消极的。

比如，我会在上班的时候看闲书，用摸鱼的方式拒绝认真工作。我会很随便地写稿子，让我写什么就很快地写完，句子不过脑子就可以写下来。文章的质量可以通过很多方面判断：用了怎样的资料，采访了多少人，文字是否考究……归根结底，这些标准全是看花多少时间。我可以非常快地交上一篇文章，剩下的时间继续看书。

这种"薅资本主义羊毛"的方法也是反抗，至少能让我在艰巨的工作任务下存活下来，还能为我攒一笔钱。理智告诉我，这样做是值得的。

但这种消极的反抗，并未让我真的好受一些。我在工作中清除自己的情感后，工作变得麻木起来，这诚然让我做事更快，但也夺走了我对工作的反抗。

当更多任务来临时，我已经无法要求自己思考怎样拒绝工作，因为拒绝工作要动用自己的情绪。想到这么多工作要生气、生气要争吵、争吵会浪费时间，我的做法总是听之任之，接下任务，敷衍地做完。

这样消极的情绪反应，让我更像写作机器。我得到的并不是更轻松的生活，而是更多、更无法反抗的工作任务。因为我甚至不太会表现出对工作的反对情绪了。

情绪崩溃让我思考了另一个问题：对我来说，什么是真正重要的？

我没有辞职前，一直觉得有份稳定、收入尚可的工作很重要。不仅是收入，这里还给我提供了价值感，让我觉得自己不是一个"无用"的人。

但是，如果我不需要工作许诺的一切呢？如果我不需要"主编"的头衔方便我找下一份工作，不需要工作上的成就让我感觉到自己是"有价值"的呢？我甚至不需要把全部的时间都用来赚钱，我本来就没有太多买东西的欲望，而工作甚至让我没有了快乐的欲望。

互联网公司让我们在一个工具化的系统中工作，用高薪收买了我们，让我们默认薪水是最终的目的。但真的如此吗？

WAVE 的薪资水平在同行中只能算中等，但即便如此，很多人也没有考虑过跳槽去最高薪资的公司。因为在 WAVE 至少还能做一点内容，在别的地方，可以说一点都做不了。在我的采访中，尽管大家都提到想去工资高一点的地方，但没有人只想要高薪水。哪怕是一份工作，也希望这是有点价值，能做些事情的工作。

头部互联网公司用高薪模糊了我们对工作的期待。它用非常粗暴的逻辑告诉我们，只要工资够高，做什么都可以。哪怕被招来就是做投机生意、做炮灰，都可以。这一套说辞非常具有蛊惑性，谁看到这样的薪水不动心呢？但人们总会在崩溃之后，发现对自己真正重要的东西是什么。

我拒绝工作，是因为无论薪水、头衔还是工作内容，都给不了我所谓的价值和快乐。知道自己不想要这些之后，我就不能再接受自己被工作左右了。

从我上大学自由地看闲书开始，到我离职前，这十年来我一直沉浸在"理性主义"的思想中。我相信更多的信息、知识、经验可以帮助我做出"最合理"的判断和决策，由此可以通往最明智的生活。

我接受这份工作，也因为我的知识告诉我，这样一份工作代表着最安全、最理智的生活。我无法想象自己不工作的样子，因为我所有的知识都在告诉我，那样会很惨。大数据、研究报告、经济学原理，都在重复着相似的话题。情绪只会影响我们做正确的判断，从而带来糟糕的后果——比如吵架后分手或者深夜购物。因为一时崩溃去辞职也不明智，我很有可能会穷困潦倒，露宿街头。

我的知识让我不要相信情绪。但我的知识并未告诉我，情绪从何而来，又跟自己的人生有什么关系。情绪看起来像是只会让我们做错误决策的事物，但也只有它能告诉我们：要休息，要放弃。理智无法判断我们在什么时候达到极限，但情绪可以。

知识之所以是知识，是因为那是别人的经验与逻辑。它强调普遍性，却从未告诉我们在普遍性之下，个体应该如何选择生活。我们刻意忽视了这一前提，用普遍性的规律去指导自己的生活。可如果我们就是有某些不那么普遍的特质，就是无法融入普遍之中呢？

情绪是我们如此内在甚至难以共享的体验。我们无法做到对另一个人完全感同身受，因为情绪就是私密且个人的体验，包含了无数个人的经历、情感与理解。它是我们无法拒绝的真实的身体反应。

我的理智常常告诉我，赚钱多多益善，但那些在情绪中崩溃的瞬间也常提醒我，这些钱我不想要，工作我不想做。

对作者来说，情绪也意味着他们最特别的部分，因为知识人人可以共享，人们浸泡在相似的文本中，就能说出差不多的道理。但个人的体验和感受并不相同。过去我以为这是不客观，现在换个词语表述——这也是作者个性的一部分，而否定情感，否定的就是作者作为独立个体的一部分。

或者，我们再回到知识的话题上。既然如此相信知识，那么也问自己，知识是如何获得的呢？

第三部分

流量时代的媒体写作伦理

13 贩卖焦虑的人要先焦虑

不带太多的情感并非无法写作，只要你还有理性，就仍旧可以通过论证推理写出一篇文章来。

写文章时，怎样才能写得通顺、易懂？首先要能理解它，相信它。

如果没有专业训练，我们很难写一篇分子生物学论文。哪怕读过几篇文献，要复述下来也不容易。

如果自己有一套鲜明的价值观，非常不认可写某个主题的文章，或者对被指派的写作角度不满，也会感到很痛苦。因为无法说服自己这么写。强硬地拗出一个角度，连自己也说服不了，也很难说服读者。

每一个新媒体账号都会有自己的风格取向、选题角度，所以写文章前，总是需要跟编辑沟通几次，确定想写的角度是合适的。如果对选题角度有什么疑惑，通常也要跟编辑讨论，或者被说服。

作者不仅在传递自己或者公司的价值观，从而影响读者，也会被这样的价值观说服，成为自己文章的信徒。

贩卖焦虑的人，会比被兜售焦虑的人更深地受到焦虑影响——不然他们无法顺利写下去，将面临更大的内心撕扯。作者要先相信焦虑是真的，而不是以为这只是写作的需求。

贩卖焦虑

在新媒体流水线上，很多文章都跟焦虑有关。焦虑是最热销的产品。

比如医学类账号，经常能出现爆款的文章和热搜。每个人都关心健康，关心身体细微的变化。

> 胃癌为什么偏爱中国人？有6类人更危险，学这一招早发现
>
> 中国最新癌症死亡率数据重磅出炉！你应该知道这些！
>
> 每天久坐超过6小时，多久会死？
>
> 久坐的危害，比一般人想象的大
>
> 以为是痔疮，其实是癌症！出现这些症状，千万要当心

什么样的痣可能会癌变？这 5 个特征一定要注意

腰疼别再忍着了，严重起来会瘫痪！

爸妈腿疼要警惕！致残的骨关节炎，一半老人会中招

年纪轻轻颈椎就不行了？千万别乱处理了！

喝水少，死得早？权威研究：喝水不足，增加 8 种慢性病风险！

喝水对身体好，但喝太多也不行

这些并不是家族微信群转发的劣质公众号文章，而是新媒体行业在医疗领域最出名，甚至也最权威的账号内容。平心而论，正文的内容也大多是公允的。这些公众号的文章或是作者自身有科学背景，或是经过有专业背景的人审核。

从内容看，这些文章都没有什么问题。但我们会感到焦虑，并不是因为文章夸大了风险，而是因为它们不断出现，提高了健康问题在我们生活中的重要程度。

人不会每天审视自己的身体，但每天都会有新的推送提醒我们应该注意身体哪些地方和细微的变化。相比于出现症状、寻找答案、求医问药的过程，被动推送的消息更容易让人的注意力从其他事情中转移过

来。这些消息要我们每天仔细审视身体的大小部位，主动将之置于显微镜下。身体成为不断被审视的对象，只不过是以健康的名义进行。任何细微的变化都需要格外注意。

我会在写作或编辑了某篇医疗科普的文章后，格外关注文章中提到的内容。

对身体的关注已经浸入当代人的血液。我们按照各种各样的教程自我检查，自我治疗。这些医疗文章提醒我们关注自身，但实际上无法代替科技的诊断。我们仍旧要依赖器材去诊断，因此促成了比以往多更多的检查需求。我已经是不太容易焦虑的人，但仍然去医院检查了我的痣是不是黑色素瘤，某一次心率过快有没有危险，眼睛红肿会不会有其他问题，有没有感染幽门螺杆菌等。每一次去医院，医生都会告诉我，什么事都没有。

新媒体文章跟书的区别在于，它篇幅有限，用手机阅读的读者通常也不那么有耐心。所以它不提供思考的逻辑，而是提供快速、可行的操作指南。当一个明星因为黑色素瘤去世后，医疗类新媒体几乎都会在第一时间迅速发出关于黑色素瘤的科普文章。这些文章大同小异，都会教读者简单的几大原则来判断，如果不好判断或者不放心的话及时去医院检查。

"及时去医院检查"是医疗类新媒体的万能妙药。我们都深知一篇文章不能作为实际的医疗诊断，也并不打算让读者学会自我诊治。文章可以只有提供信息的好处，而没有耽误病情的坏处。相比于大量还在传播民间疗法的账号，这样的新媒体文章已经算是为大众科普的好文章。

但是我们很少会提及，大量的信息也会带来大量的不必要诊断。不光是去医院做费事费钱的诊断，还有我们在写作时的自我诊断。

大众传媒以先知的身份，告诉我们一切应该格外留意的身体症状，也加重了对自我的审判。如果有人不幸生病，不幸情况严重，先知就会以先见之明的姿态说，怎么没有早点关注！太可惜了！不管这类文章是以怎样充满关怀的面目出现，都没有改变对个人苛责的意涵。这种直击大众焦虑的文章，也有意回避了传统媒体引以为傲的关注"结构性议题"的使命，将更多的预防责任传递给普通人。普通人不仅承受疾病的苦痛，也要面临"为什么没有早点发现"的自责。

我们很少再提及医疗系统是一个体系的问题。作为作者，自身也不再思考问题，而是随着这些焦虑一起，对身体进行方方面面的监视和科学饲养。

那些偏人文社科的选题，也并不只是将作者自己的观点传递给了大众。有时候，作者未必有清晰的观点。我们不是对什么事都有话可说，而是知道所谓的"热点""大众情绪"是什么，从而在写作中挑战或迎合这样的大众情绪。书写，将游离飘散的想法，固定成了观点、知识。我们用这样的观点指导自己的生活，但在熟练运用这些观点时，通常很容易忘记观点是如何产生的。

我们很容易相信，这些观点是在一系列缜密的思考、扎实的资料研究后产生的。也很容易忘记，这些是读了几篇文章后的先入为主，资料是为了赶工匆忙看的而未细读。关注某些选题，并不全是因为我们关心某些事情，可能只是因为我们知道流量会落在什么地方。

以下这些标题，是新媒体有口皆碑的账号的标准选题，也是我在 WAVE 和 WE 工作时会做的选题。

"八〇后"中产返贫路线

中产回到二线

"两娃高贷"下，中产家庭决定消费降级

寒门子弟上名校之后

送外卖想月入过万，越来越难了

月薪 5000 的文科生，出路只有转码？

新媒体乐于塑造中产如何从自己的阶层跌落的故事，以及小镇青年如何在城市中难以扎根，大学学历也无法帮助他们找到好工作的故事。

这些故事是真的，尤其是对非虚构类新媒体来说。他们采访的是真实的人，写的也的确是真实发生过的故事，但是"真实"到此为止。我们很少反思，写作是一种叙事，是将一个话题说得圆通的技术。无法意识到这是我们筛选、理解、加工后的叙事，而是将它作为"真实故事"展示出来，并将之呈现给读者。我们就用这样的故事，率先喂养了自己。

当我们把小镇青年无法在大城市生活的故事，写成一篇"文科无用"的稿件时，我们自己也会相信，文科的训练是浪费的、不值得的。我以前从来没有想过，自己可以给亲戚朋友的孩子指导高考志愿如何填报。首先我自己的志愿报得也不算"好"，我没有志愿是"好"或"坏"的概念，只知道报一个自己看起来还算感兴趣并且分数刚好够的学校和专业。但是在写完一篇高考志愿填报的爆款文章后，我快把自己当成专家了。我相信了我所写的内容，包括但不限于：填报志愿前可以查看高校和专业的就业质量报告；金融、计算机等专业不管在什么地方都是就业率和收入最高的；大城市有更多的就业和实习机会……

在工作的几年中，我既写着这些"理性客观"的内容，也相信更多的信息可以带来更好的决策。我对文科的态度也发生了变化。过去，我一直怀疑自己是因为没有得到系统的文科学术训练，才经常读不懂一些深奥的，尤其是使用了专业术语的学术文章。现在，在尚未更深入地了解文科训练是怎么一回事时，我已经开始觉得最好不要学文科了——文科，自己读读书就行了。

信息茧房与虚拟受众

我并不想追究这些观点的对错。我只是在离职后才感觉到，在工作时，我沉浸在一种非常狭隘的视角内，用这种观点指导自己的日常生活。我没有经过太多反思或思辨就接受了某些结论，再用笔下的文章去印证这些结论。

不管学文科好还是不好，方便面能吃还是不能吃，回到县城有出路还是没有出路，思考的过程已经不重要了。重要的是我们最终要传达怎样的结果。

我和同事相信了"经济下滑"这样的描述，在我们的日常工作中，到处都是经济环境不行、工作难找、文科生找不到工作之类的选题。当这些信息深入我们的工作中，并被我们认可，想要离职就变得更加困难。因为我们更难想象离职后还能找到新工作。

互联网把我们带入了全球化的语境中，我们不可能只关心自己周围的事。我们看着全球经济动态，关心国家经济指数，然后坚信，从大数据的角度看，如果现在贸然辞职，那么一定更容易失业。

只有当真的离职之后，我们回望过去的经历，才会发现自己是可以有别的选择的。员工们可以选择不遵循某一规定，或者协商、反抗，再不行也可以果断离职。但是在当时的环境中，工作内容已经为我们塑造了一道信息墙。我们花费了一天中的大部分时间在找选题、看资料和写文章上。作者不是读者，可以只轻扫一些文章而不去深究。作者在写的时候会不断咀嚼或反刍这些信息，让它们变成码出来的文字，或者自己思想的一部分。

WAVE 是一个非常推崇新自由主义思想的地方。老员工们在微博昌盛、"公知"频繁发言的时代成长起来，我们相信自由主义的论断，这是我们成长过程中最重要的精神食粮。

在新自由主义的观念下，公司和员工的关系也是自由的。当公司表现得不够好时，员工随时都可以选择离开。如果不离开，就要忍受这份工作所有的条件和要求。我们无法确切知道自己是否应该反对这样的模式，又是否有其他选择。我们的写作不能提供任何不是自由选择的内容。

WAVE 的选题很宽泛，但涉及观点，通常都是这么几类：

> 相信科学：工业化、流程化生产的食物更安全，手工制作的食物容易有风险；
>
> 相信市场：供需关系决定市场价格，竞争是好事，不要呼吁政府监管；
>
> 相信数据：通过数据来判断现实情况，避免过多情感因素影响。

我一度想过要不要从事自由职业或者干脆先不工作，但在 WAVE 获得的所有信息都告诉我：不要这样，会很悲惨。WAVE 的稿件通过数据清晰地展示了不稳定就业面临的工作过劳、权益无法保障、福利不足等问题。大公司的工作保障机制更稳定、健全，小公司的收入和福利水平可能更低。

这些数据也许都没有错。但很多内容不会全部被收入数据。比如人际关系、工作的自由度，以及每个人可能完全不同的人生选择——如果我要的就是自由的工作，而不是那么多的钱呢？

一个面向大众的媒体写作很少回应这样的问题——那太私人了。我们要回应的总是我们想象中大家更在意的问题。在这样的回应中，我们也相信了，自己也应该更在意这样的问题，而不是其他的。

在辞职并无所事事地晃悠了两年之后，再回过头来看当时的文章，我开始意识到那些文章都是写给"虚拟的大众"看的，而不面对任何一个具体的人。这很像我们总会想象出一个"别人家的孩子"，然后用对想象中的人的要求来要求自己。新媒体工作让我们日复一日地生产"别人家孩子"的故事，也不断从别人的经验中获得企图指导自己人生的信息。在离开这个环境后才幡然醒悟，我们不是别人，"别人"也并不存在。

我常说觉得自己的写作充满了"锈迹"，因为我总是不可避免地复制着新媒体中那些浮躁、自大的语言，那些信誓旦旦给出建议而非理解对方的思维逻辑。

但这些锈迹并不完全只是关于写作。我写下我想相信的理念，我也以这样的理念生活。当朋友们说要去本地农夫市集买菜，支持本地农业和有机农业时，我总是自大地说这些菜既不便宜也不漂亮，远比不上工业化种植的大棚蔬菜。只有等我自己被打造成标准的工业化产品并以实惠的价格卖给行业时，我才知道自己想要的并不是标准、实惠，才开始跟白菜萝卜们惺惺相惜。

新媒体行业是一个相当封闭的行业。尤其是那些不需要采访的新媒体机构，写作只需要在网络或书籍中查找并整理资料即可。这是一个完整的生态闭环。我们在网上看到热点新闻和讨论，从这些热点中找到选题。然后继续在网络上找资料、论点，完成论证。最后，这些文章发到网络上。整个生产线可以不接触任何人，没有任何打破闭环的外界力量。一线的写作员工很少有和同行沟通交流的机会，我们只能在这个封闭的王国里不知昼夜地生产。

当我对工作厌倦，想知道自己还能否写作时，我发现我过去的技能只能在一个封闭王国里使用。像晚清的进士，即便在这个王国里略有功名，也没有勇气面对真实的外部世界。在离职前写的日记里，我说道：

> 我对自己积累起的自信无非是因为我在一个封闭的环境内，生产封闭的内容。一旦打破现有环境，就会暴露出不足，非常心虚。

在新媒体，当然也有人选择将它只当作一项工作。

他们写某些选题，只是因为他们知道应该写。写作的方式也是先知道要表达什么样的情绪和结论，再去选取相关的素材。

比如在过去几年火过的几个账号，出自同一家新媒体工作室。他们也许不需要作者有强烈的价值倾向，只要按照写作的流程来写就行了。同一个选题，他们会写批判的角度，也写推崇的角度，还有一篇文章保持中立。然后收获三波不同受众的流量。

这样的新媒体工作室，是以往任何一家媒体都不敢想象的。媒体员工虽然经历各异，但大多会坚持相似的立场，但在这里，同一个工作室可以发观点完全互斥的文章，只要发在不同的公众号下就可以。

写作的答案，生活的答案

当作者什么都能写，可以写任何角度的文章，为任何立场说话时，他们看似不再受文章的影响。这些写出来的文章，他们可以信也可以完全不信，看似让自己的目标凌驾于文章的目的之上，不再受工作室选定的文章结论支配。但实际上他们已经选择了一种写作——工具的写作。

变成一个什么都能写的人，会是什么体验？我尚不知道。过去虽然写过几次言不由衷的选题，但都离自己的真实想法相差不远，也谈不上侵犯立场。

但我想起了辩论。我上大学的时候曾经很痴迷辩论，为此整夜查资料写论点，甚至挂科都在所不惜。但是当我结束了大学时光，也不再需要打比赛时，我再回头去看这段经历，对它的观点完全变了。

很多人的确认为，辩手可以为任何立场说话，站在任何立场都可以找到丰富的证据。这是赛制本身的要求。但辩手也有自己的个人观点和立场，甚至当需要表明立场的时候，他们的观点更强烈和鲜明，更想要说服对方。

当我回想起大学时期打过的辩论赛，我发现我至今仍然支持在比赛时所持的立场。这个立场甚至是抽签抽到的，它原本跟我的个人经验和感受毫无关系。但因为我读了太多材料，找了太多支持它的证据，以至于在打完辩论赛几年之后，再碰到相似的话题，尘封的记忆会再一次苏醒，我不再是对此原本毫无观点的路人，而是旗帜鲜明的"有主见的人"。但不荒谬吗？所谓"主见"也不过是抽签后得到的观点，是刻意输入信息、形成逻辑后为了说服他人而产生的。但我们很容易忘了这一出发点，而在一次次自我说服和挑战对手后相信，这就是我们自身所持的立场，是我们思考得来的"真理"。

如果什么立场都可以言之凿凿，读者为什么要相信，你写的是真的呢？辩论至少同时呈现了双方的观点，而写作呢？

善于言辞的人，会将一切都包装成可以被理解的样子，会在"一切都可理解"的谎言中放弃个人该有的责任与坦诚。

新媒体写作总是会想要给问题一个答案。作者将自己视为寻找答案的人，这也是他们写作的意义。但如果就是没有答案呢？

我不再将写作当作寻找答案的方式，因为我开始担心，所有言之凿凿写下的话，会被我当作答案信奉。我会用"我写过""我采访过""我研究过"，来解释遇见的每件事。

对新媒体写作的厌倦，也许不全是针对写作。也因为我不想再做一个"新媒体人"，不想熟练地讲出某些话语，确定某些见解。一个新媒体人面临的世界是无聊的，因为每件事都毫不意外，"太阳底下无新事"。但世界总有微小的变化，微小的新事在发生。如果相信新媒体写下的答案，世界会永远无聊。

在工作中的躺平和自我贬低，也是因为我不想成为新媒体人。我在工作时写下过这么一段话：

> 到底能不能安心当个废柴？每当我这么想的时候就发现，我不是真的想当废柴，我仍然想要创造价值。但找不到价值的出口，当废柴成了自我保全的方法。当一个一事无成的废柴，也好过当一个违背本心的成熟社会人，好过当一个张口就能想到无聊段子的"有趣职场人"。（2020年7月25日）

那些让我们在工作和人际关系中倍感痛苦的特质——敏感、脆弱、不合群，也可能是写作的天赋。我担心如果忽视或压抑这些特质，能让我写作的东西也就不复存在了。如果一个作者不能表达出某种有特质的东西，而只是像文综答题一样写标准答案，那我们究竟为什么要读这个作者呢？为什么不直接读ChatGPT呢？

如果我希望不是做一个员工，而是做一个作者，我就要接受作为作者需要的那些情感，那些会降低工作效率的情感。工作时我为这样的情感感到痛苦，并在日记里自我劝慰：

你有一颗敏感的心，你甚至会受其苦累，但那不是坏事。我们中的很多人，都会因为各种特质受累。有人受累于自己的完美主义，有人受累于焦虑、善良、宽厚。你宁愿受累也不愿意放弃这些特质，因为你实在不能确定，假如这些支撑过你的东西被放弃，你会走向何方。（2021年7月14日）

这些特质不只是关于工作的现在，也关于未来。这份工作做得越久，我越心虚。这是一份脱离大地的工作。写作不再需要跟人接触，升职后不再需要写作，每天做的事都像是在符号与符号之间流转，接触不到一点让人感到踏实的东西。不仅失去了与人的联系，连与自我的联结也在消失。

14 速朽的行业

在新媒体，一切都是速朽的。热点最多只能持续三天，突发热点的报道晚半天发，就不剩什么流量了。为热点写的稿子也没有人会在热点冷却后再看，这些稿子很快就随着推送更新，被淹没在历史记录里。我们频繁地生产文章，但它们只有极其有限的生命。

编辑在写作培训时总是说，不要写速朽的文章。但追逐热点、流量和不速朽，这本身就是不可能同时实现的。

尽管 WAVE 的文章不全是追逐热点，但因为写作任务繁重，大多数文章都只是浮光掠影地写一些问题。这些文章每天更新，让读者有新的内容可以阅读。很少有人会翻阅以前的文章并时常拿出来阅读。哪怕读者有意这么做，庞大的更新量也不允许。新文章都要读不完了，哪里有空读旧的。

在 WAVE，每个人都知道如何推测流量。公众号文章阅读量通常有规律。新文章发出后 10 分钟、半小时、一小时的流量都要有人实时监测。一般从发布后 10 分钟的阅读量就能判断这篇文章能不能达到十万加的阅读量。一小时内的阅读量通常是最终总阅读量的一半。也就是说，如果在发布一小时后文章阅读量达到了 2 万，最终这篇文章的阅读量会稳定在 4 万左右。

在发布 12 小时后，文章的阅读量基本已经固定，不会再增长。这篇文章后面也很少会再被人看到。如果是爆款文章，比如十万加、百万加阅读量的文章，可能阅读量增长的时间会长一些，但也长不过三天。

在其他平台，比如小红书、微博等，虽然数据的增长方式不一样，但也大多在极短的周期内完成增长。除非平台主动推广或者刚好有相应热点，旧作品翻红并被重新阅读的概率都很低。

无论我们怎样强调文章的质量，都没法改变这样的事实。只要公众号勤奋地每天发文章，那么大多数文章都只会被读者读一次。鉴于大多数人在手机阅读都是速览，作者在文章中藏匿的小心思也很容易被忽略。

在这样的情况下，花非常大心思努力提高文章质量，尤其是语言表达的精确度，就显得没那么必要。公众号主要的用户增长早就不是文章带来的了，而是靠互推——相似类型、体量的公众号互相在自己的账号里推荐对方，以获得对方的用户，这就是增长。

文章比快消品还短命。快消的衣服至少能穿一季度，文章则只被阅读一次。新媒体文章更像是一次性手套或者垃圾袋，用完就扔。甚至比垃圾袋更廉价，永无止境，扯了一个就冒出下一个。背一个单词，我们尚且需要很多遍的复习，才能将其了熟于心，而看一篇文章，可以只是一眼扫过，不需要思考或记住任何东西。

哪怕在纸媒年代，文章都没有这么速朽。一篇印在报纸上的文章，需要一行一行地读而不是直接滑动屏幕翻完。读完还会被放在报纸夹里，没事的时候会再翻阅一遍，哪怕变成糊墙纸也能被多看几眼。普通一户人家通常只订阅一两份报纸，但任何一个手机用户都可以轻松订阅几百家自媒体。一篇文章甚至没有来得及读完就会被关掉。

文章的速朽总是连带着内容行业员工的速朽。

如果我们总是在写这些"应景""当下"的文章，怎样才能有长期关注并愿意深入的课题呢？如果我们既要面临繁重的任务，又早已了解这些文章的命运，我们怎么会心甘情愿地花额外的时间加班写文章呢？

热情和技能都和这些文章一样速朽。文章被如此轻易地一眼扫过，个人投入在文章中的情感甚至根本不会被留意。读者很容易关掉一篇文章的网页，转而去点开另一篇标题刺激的。当我自己是读者时，我也这样。在写作时也不可避免地问自己，这一切的意义到底是什么呢？写作只带来无尽的虚无。

运营的同事也不愿意费力推广每一篇文章。毕竟我们每天都有新文章。一个工作室一天会在不同的账号发布几篇文章，根本无暇推广。不像图书营销编辑，他们会知道公司每本书的内容，这些书今年能卖，明年也能卖，有老读者的反馈，也有新读者的好奇。有的书会一版再版，读者可能参与书的点评和二次创作，让书拥有新的故事。但是新媒体不存在这样的生态，所有读者都是新读者，所有文章都风过无痕。

新媒体从业者所做的事，像西西弗斯向山顶推巨石。每天不断写文章，第二天就会被人忘记，但第二天还要写新的文章。所以西西弗斯并不只是神话故事中的人物。

在行业中努力求生或发展的人，很难说出"这一切没有意义"。我们很容易为自己所做的事寻找各种各样的意义，不仅夸大它对社会的意义，也夸大它对自己的意义。但当离开这个行业，如果问我有什么评价，我还是很想说，这一切没有意义。

不仅因为这是一项工作，让我身心俱疲，还因为我怀疑这种没有尽头、永远更新的大量文章，本身就是在为信息世界生产垃圾。如果一件衣服穿一次就扔，它带来的新奇、享受和它带来的污染、浪费，哪种更多呢？

让读者每天都有新鲜的文章可以读，到底有什么意义？这些文章中更细节的内容被提炼成几个小标题，读者读到小标题就知道文章在写什么。他们看完这篇文章不会反复思考，不会哪天想到时再回看一遍，而只是看过它，用它消磨过时间。为此付出的写作有意义吗？

离职后我很少再看新媒体的文章，只要取关大多数账号，关闭朋友圈，我就无从知道有哪些文章更新，更不必花时间去看。

我对阅读的态度也变了。过去我喜欢读很多书，读完后喜滋滋地在豆瓣上标记已读，年末时得意地总结自己读了多少本书。但是我发现，读的书越多，特别是当想读的书越多的时候，对书中细节的把握就越少。有时候读完书只有一个模糊的印象，有些细节的问题还未搞清楚，就开始迫不及待读下一本。

图书业也抵挡不了这种快销的趋势，常常也有一些紧跟热点的书被紧急写出来，但并不耐读。与此同时，分明有很多值得多读几遍的书，也受快销时代的阅读习惯影响，不再被阅读。

电视剧也许是个更直观的例子。在新媒体工作时，为了追各种热点，尤其是娱乐热点，我们经常要看当下最热门的新剧、新电影，并写下评论。

但当离职后，我发现自己完全没有看新剧的热情。电视剧的数量很多，应接不暇是一方面；另一方面，新剧要求大脑不断跟进剧情，理解新故事，而无暇做更细节的劳动。反倒是几次三番看同一部经典老剧的时候，虽然剧情已经烂熟于心，但每次都可以发现新的细节，对人物有更丰富的理解，不再只局限于好人、坏人这种简单的划分。一部剧，长期的观众越多，就越能培养专业的爱好者。

《甄嬛传》其实就是一个很好的例子。这部剧已经播出十几年了，老观众还会反复看，不管是制作表情包还是写同人故事、脱口秀段子，都能吸引更多新观众来看这部剧。因为有更多人看，当讲一个段子时，大家更能有彼此理解的笑点。对同一个角色、场景，开始有更多解读，有人看到了智慧，有人看到了毒辣。这些评价不会让观众陷入争执，而是有更多的理解维度。不管是对于收到反馈的创作者，还是对于看内容的读者来说，这都是一件好事。

豆瓣上有"央视版红楼梦不严肃研究小组"，组员既有分享高清剧照或截图以收藏的，也有分析剧中人物、点评剧中场景的，还有写同人文做二次创作的。央视版红楼梦不严肃研究小组十级学者答题大赛是豆瓣小组成员自娱自乐组织的比赛，但很多题目都很考验观众对细节的记忆和理解。比如：

　　周瑞家的在贾府的工作是？
　　A 大观园主管　　　　B 府里的人情往来
　　C 太太、奶奶们出门的事
　　D 管理府里的丫头婆子

　　晴雯擅长什么刺绣绝技并补好了雀金裘？
　　A 蹙金　　B 界线　　　C 劈针　　D 鱼骨绣

　　贾芸的舅舅叫什么名字？
　　A 卜世仁　B 王仁　　C 倪二　　　D 卫若兰

　　"偷来梨蕊三分白，借得梅花一缕魂"出自哪一社？
　　　　A 桃花社　　　　　　B 芦雪庵起社
　　　　C 菊花社　　　　　　D 海棠社

当观众对剧有更深的理解和诠释时，他们对剧的审美也会更高，更希望看到展示了人物深度和背景复杂的剧。创作者也可以向观众学习。

对于内容生产来说，这也是更好的生态。创作者花时间打磨一部作品，使作品可能有更久的生命力。即便过了几年之后，创作者仍旧可以从作品中获得收入。但如果是在新媒体工作，所有文章发布一次就失效，作者要一直写新的东西才能维持收入，无法有休息和成长的时间。越是这样，越不可能有创作更好作品的机会。

一部好的作品可以供养更多的人和技能。作品可以出周边，设计和制作周边可以养活画家、设计师、制造商，也可以出番外故事，养活作者。根据《西游记》改编的故事永远不乏新的观众。这些改编里有旧的角色，也有新的情节，人确实是可以看一辈子《西游记》的。既然如此，我们就得回答那个问题：为什么一定要写新东西，甚至是以如此高频率写如此多新东西？我们说是为了读者，但这是真的吗？

我之所以用电视剧举例子，是因为电视剧和电影仍然是需要较高成本才能制作的文艺产品。网络平台播出新剧有排期，主要的网络平台只有几家，所以还没有出现新剧泛滥的情况。但短视频已经向我们预示了这种泛滥的后果。有无穷无尽的短视频或者短剧可以选择，就意味着每个观众都有可能被分散去看不同的剧目，看完之后很快就有下一个新的。短视频是以无限刺激观众看新内容的方式促进增长的，观众在短视频平台甚至没有可以停留的时间和空间。这样做的结果就是，我们无法培养对某一个视频更深入、更复杂的理解和交流。短视频如果执着于提高视频的复杂性，也会损失受众。

新媒体创作日新月异。但对读者和创作者来说，这都不是什么好事。我们对内容的追求，都从"好"的东西，变成了"新"的东西。创作者必须日更5000字才能跟得上时代时，就不可能再有时间阅读和学习新知识，或者仔细听人讲故事。他们只能不停地写，把自己知道的全都吐出去，吐到完全耗竭、变成一具干尸，再也给不出新鲜的血液。

我不是完美主义者，没有把一件事情做到极致才能交出去的念头。但我至少也希望自己进步，而不是任由这样的写作一步步摧毁自己。

两年前看到一篇采访，某位男演员说自己也会拍烂片，因为电视剧不只是给受过教育的人看的，也是给那些没有读过书的人看的。有人需要烂片，所以需要有人拍烂片。我觉得这样的说法相当具有迷惑性。

且不说通俗和"烂"有着天壤之别，为什么是读者需要所以我们才生产呢？为什么不是我们生产了所以读者才看呢？

创作者并不只是挑选读者，也在培养读者。创作者都在关心某一议题时，也会培养读者对这一议题的关心。如果创作者给读者的始终是烂稿、烂片，读者也会逐渐失去原有的审美水准，转而以更敷衍的方式观看。

这也是为什么在新媒体工作久了，文章会越写越差。没有可以积淀的内容，总是在一些套话里打转，怎么创造更好的东西，有更好的审美呢？

即便是目不识丁的农民，也可能知道一台戏唱得是好是坏。一台《木兰从军》，他们可能听了不下十遍，知道每一句的唱腔和唱词。谁唱得好、谁唱得不好，大家都能判断出来。当我们有了无限多的娱乐选择之后，什么都能通过网络听两句，反倒很难培养对某种艺术的审美。粗制滥造的内容可以糊弄观众，因为观众和创作者都不再是资深爱好者，但并不能说明观众需要这样的作品。只能说我们为了自己的目的，只给了观众这样的作品。

很多人的反驳总是朝向事情的极端——难道你愿意一辈子只看《花木兰》吗？但那明明是不可能的，

这个世界上已经有太多的文艺产品了，哪怕从现在起不生产任何新作品，世界上的电影、书籍、电视剧也足够我们看一辈子了。关键是我们需要什么样的新作品？这不是文艺活动匮乏的年代，我们有这么迫切地需要跑步生产吗？更现实的问题是，你愿意连看一百个小视频，每个小视频都是 AI 写词机器配音的霸道总裁故事吗？

观众什么都看，所以对什么的认识都很表面。正如作者什么都写，写什么都大差不离。这是一个观众和作者一起速朽的时代，观众很快忘了他们读过什么，作者也忘了他们写过什么。观众在速览的文章里无从建立对内容的批判与审美，作者也无法得到观众的任何智慧。这是一个彼此抛弃的年代。

害怕错失新信息是一种焦虑，但不停地追逐新信息并不能缓解这种焦虑。这像是一场永无止境的做题竞赛。人不可能通过做遍所有的题来获得智慧、思考，以及其他不朽的品质。

15 无聊的网络

互联网常常被看作成本最低的创业途径。做电商，你不需要货仓、生产线，只要把产品卖出去就好了。做内容，也不需要办公室、印刷厂，只要有电脑就可以，甚至不用搭建网站，注册账号都是免费的。

也正因为如此，人是其中最重要的组成。互联网能形成一个个线上社区，是因为有真实的人参与其中。这是我们最早对地球村的想象。尽管未曾照面，但我们通过文字交流彼此的想法，不管是怎样的想法，都代表背后存在真实的人。

早期互联网的氛围让人迷恋，也许是因为人们还没有找到合适的盈利方式。聚集在一个社区里的人常常有共同兴趣，写文章也只是为了分享。但如今的互联网不一样，越来越多的人在社交媒体上赚到了钱，人们不再愿意做免费劳动，发布文章的目的是涨粉、盈利。个人单纯为了好玩或分享而写的文章被职业的新媒体机构淹没，原本随心所欲的畅谈如今被流量收买，人们要写能快速涨粉的东西。

人们乐于谈论商业如何促进了生产，却未曾留意生产与增长的背面——原本的社区文化消失，人们不再做免费的志愿服务。志愿服务往往是弱势群体才能得到的服务，因为人们倾向于帮助弱者。但商业的逻辑则是为有钱人提供服务。

朋友讲过她早年喜欢去的一个留学生网站。最初那里都是各种各样的留学生和想要获得留学资讯的人，大家不仅分享信息，也聊天交友。当然信息纷杂，有些信息有用而有些没用。后来一个学长在其中发现了商机，他招聘那些在网站中发表优质信息的人，建立了一个付费留学服务公司。原本愿意在网站上提供有用信息的人也不再提供信息了，因为他们知道这些信息都可以收费，甚至还不低。留学服务的收费并不低廉，很多家境普通的人无法购买这些信息服务。网站原本会有很多人交朋友，帮助家境普通的人找到低廉的留学方式，但是收费后他们更多地帮助富二代申请名校。后来再去这个网站上看，这里已经变成了充斥着大量留学中介和留学广告的地方了。能帮助普通人的免费信息不见了，互相平等交友的心态也没有了。

钱变成获取知识和信息最简单直接的方式，也是最高效便捷的方式。持有信息的人开始思考，怎样做才能对自己更有利（以前我们甚至不会想这个问题），回答也变成了"变现"。我们积极投入互联网的生产劳动中，无暇思考这是不是我们想要的社区氛围，也无暇思考作者与读者的关系。写作的快乐很容易被金钱的诱惑稀释和遮掩：写作的快乐有门槛，需要持续的练习与投入，而金钱和流量的奖赏在瞬间就能获得。

我在十年前就曾经注册过一个号称内容变现的平台，它根据流量为写作者分成。我注册后发了几篇文章就忘记了，再也没有登录过。最近重新登录时发现文章有了几万的阅读，但账户上并没有一分钱。点进去看该平台的文章，几乎不用思考就能感受到一股浓浓的"新媒体"味儿——每个人都在写夸张的标题、用浮夸的文风，然后质问平台到底把流量给了谁。我后来忘了登录这个网站也很正常，网站里没有一篇文章是我想看的。

互联网经历的变化和我们在商品经济繁荣后经历的变化很像。"礼物"的逻辑变成了"商品"的逻辑，互助的逻辑变成了交易的逻辑。它造成了一种新的区隔——过去，礼物是平等的，每个人都可以提供自己的礼物和经验智慧；现在，礼物分为值钱的和不值钱的，经验分为能变现的和不能变现的。需要留学信息的人，原本也可能分享自己关于某些事情的见解感受，现在他们只被当作想要免费获得信息的"伸手党"。农民父母的思维被理解为"穷人思维"，因为他们的经验智慧不能帮助你在现代社会变现，我们却愿意花钱听另一些人讲自己的经验，因为这可能是用得着的"智慧"。

新媒体作者就是在这种商品化的浪潮中，进入了写作行业。写作要提供"信息增量"，写作也要强调"转化率"，阅读了这篇文章的人，有多少关注了本账号，多少购买了产品？这些阅读后的行动才是我们关注的，而非阅读时的感受。

大家总会辩解：但是，毕竟互联网让一部分人赚到了钱。原本他们给网站做免费劳动，现在他们赚到了钱。越来越多的服务职业化了，原本要自己在网站上一点点搜索、阅读才能找到的资料，现在交给中介就好了。就像维修工、裁缝、厨师这些行业都职业化一样。

这当然没错。但这也只是事情的一面。商业化带来了商品和服务的繁荣，但仍然有相当多劳动是无法商业化的，社区的发展不仅离不开商业，也离不开志愿或者情感的劳动。

实际上，我们就是因为如此相信商业化、职业化，如此相信这些名词的正当性，才从互联网的主人，变成了互联网的工具。

在免费的网站上义务写文章，没有人能规定我们写什么，写多少，什么时候发布。分享是一种爱好。就像吃完饭去村口的广场上闲聊一样，是休闲娱乐。人有累了不想说话、不想表达的时候，但新媒体的工作没有停下的时候。文章发表是硬性要求，写作者成了网站的工具，哪怕想法空洞无话可说也要表达。发表在互联网上的庞大信息跟它背后的人没有直接关系。只要热点来了，谁都能写出这样的文章。在这场不自主的劳动里，人是最大的耗材。

工作中写的文章逐渐变得无聊、生硬、死气沉沉。这些文章是为了应付工作而写的，内容也就成了我所揣测的领导或客户会点头同意的内容。有空的时候我会刷豆瓣，因为那里活人更多。有的人读过很多书，有的人说话很风趣，至少每个账号后面对应的是一个真实的人。在非职业化又很难变现的平台上，人们可以发表自己的意见，不必追求更高的阅读量和涨粉数据（涨了也没什么用），反而能有更纯粹的快乐和独立的表达。

互联网的繁荣是无数人的付费和免费劳动造就的。对于职业是新媒体写作的人来说，为了适应互联网高速的节奏，我们经常要加班，要追赶热点、制造话题。这当然损耗了身体，也损耗了我们原本真诚的表达欲。没有话也要硬说，在每个热点发生的时候表达。玩手机时纯粹的快乐不见了，我们要思考每条讯息能不能成为选题，还要思考自己说的话会不会讨人喜欢，能不能增加关注。

职业写手靠燃烧热情和自我，高速生产紧跟热点的文章。咀嚼互联网上庸俗但火热的段子，胜过关注家附近菜市场的变化。所有与自己有关的思考都显得冷门而无用。他们总有一天会被耗尽，被新鲜的大学毕业生所取代。

我们又给读者留下了什么呢？一个点开就是广告的网站，一大堆充斥着相似热点的文章，一些高度雷同的表达。我们为读者留下了没有情感的网络社区。

当新媒体作者最终受够了这一套东西，再也写不下去时，他们会主动离职或被裁员。他们曾经留在网络中的痕迹会很快被人忘记，像是不曾存在一样。就像小村庄里的商人，这个商人走了，还会有另一个商人过来，提供差不多的消费品。商品太易得了。但人们或许会记住村庄里没事就烤点土豆分享的人，记得他们讲的笑话。

16 职业化还是职业病

　　如果一个员工在工作时有情绪、情商不高、跟同事吵架，拖慢团队进度，就会被说成"不够职业化"。如果一个团队没有明确的规章制度、工作流程，以及高效率，也会被说成"不够职业化"。一个人写出很好的内容不能称得上是职业化，但是如果能够按时交稿、快速反馈，那可以说是职业化。

　　在大公司的语境里，是否"职业化"与做出多好的产品无关，只要产品达到交付标准就可以。更多是和产品之外的能力有关——能否高效、稳定、符合标准、让上级满意。

　　一个人如果够职业化，就要做很多与职业无关的事情，包括不断重复的工作流程，来自上级的考核任务，无休止的汇报，各种临时的工作安排。

　　职业化让人困惑的地方在于，它跟技能是否高超关系并不大。这是一种职场道德观，要求人适应职场的所有规则。职场的"交付标准"往往就成了一项技能的"上限"。我们要处理那么多跟技能无关的事情，就无法更专注地提升技能。职业化到最后就变成了重复与乏味。

对内容创作而言，职业化带来的厌倦跟是否有审查、是否有太多商业任务都无关。只是后两者更加速了我对内容行业的厌倦。

新媒体公司会有内容创作的等级，刚入行的年轻作者写短的、浅显的文章，工作几年之后再写长文章，或曰深度报道。但如果这个公司的内容形式就是3000—5000字的长文章，作者之后就很难再写更复杂、更有深度的文章。每个新媒体公司的风格都很固定，因此作者只能重复写外行看来"有深度"、内行看来程式化的文章。作者也没有机会去尝试那些市面上不受欢迎的体裁，比如诗歌、意识流，哪怕这些可能给写作带来新意。

只要进入新媒体公司开始写作，平庸是必然的宿命。没有一个公司能培养出创新的作家。虽然很多人通过写专栏文章或者连载出书了，但是他们的作品一定是最大众、同类竞品最多的。他们可以在一开始创新，但不能一直创新。出书的逻辑从写一本书，变成了写一篇文章，发在新媒体上测试是否受欢迎，再继续写受欢迎的同类作品，最后结集成书。

当我开始写作时，我有一种感觉：很多想法是在写作中才变得清晰的。在写作之初，我并不能完全判断自己会写出什么来。但新媒体关于写作的逻辑不是这样的。我们要先写一篇小的文章，美其名曰"试错"，也只能写那些流量好的小文章的话题。但问题是，小文章根本不可能展示长文章的魅力，用小文章的体量去写长文章话题本就是削足适履。但无法被写成小文章的话题，也失去了写成长文章的机会。

作者不能花最多的时间去考虑如何创新或者打磨文本，而是要花很多时间猜测公司要什么样的文章。如果是长期供稿的作者，就要保持文章风格和水准一致。如果是投稿，则要揣测编辑或者大赛评选人的口味，去写一些他们眼中"创新""先锋"的文章。

在互联网上，这种重复更加明显。一种写作类型火了，接下来就会出现大量同类型文章。职业化能让我们在最短的时间内给读者提供文字快餐，但也是他们早已见识过的快餐。

职业化是一种保证。作者要向公司保证，他们生产的文章会受读者欢迎。他们能够给公司带来最大的利润和投入产出比。

为了应对这种职业要求，我们需要做大量写稿之外的文案工作。在写稿前，要先写选题思路，确定这个主题是能写的；然后是写大纲，确定大纲没问题后才开始正文写作。如果不需要向他人展示，只为了记录自己的思路，大纲本可以写得很随意。但现在，我们必须用特定的格式写好大纲，让它也能被其他人理解，还要在大纲中保证或吹嘘文章将达成怎样的高度。这些工作全都是为了让上级理解／监管下级而产生的，而完成这些工作的也是下级。

人们把过度集中在一件事上的状态称为"自闭"，把无法集中在一件事上的状态称为"多动症"。高度的职业化培养出来的、高度专注工作以符合齿轮运转需求的症状，是不是也是一种病呢？

我们与其说是通过职业化来提高自己的能力，不如说是恐惧一切无法被预测、被控制的事物。职业化意味着，即便不做任何努力或尝试，我们仍然能够交出一份合格的作品。但与此同时，我们恐惧任何一种无法预测、可能无人问津的尝试。

甚至职业本身也是这样一条路径。很多人一直工作，并不是因为他们一直需要赚钱，需要工作，而是恐惧如果不一直工作，就会无法再被职场接纳。

职业提供的与其说是一种专业，不如说是安稳。安心当公司、部门、领导意志的执行者，他们为我们提供工资，代价则是要我们牺牲最个人的想法。职场提供的安全是以昭告职场外生活的残酷来实现的。我们每个人都曾听说，在职场中，不管水平如何、做成什么样，最后总还是可以领到薪水，而在职场之外，失败就是失败，写不出好作品就会没钱吃饭，一事无成。

另一种职场神话是，只有先做好小的、初级的、职场的事，才能去做更好的、更有创意的事。

道理当然没错。很多大作家也是从写短文章做起，大导演也可能拍短片出身。现在，互联网更能给普通人提供平台，让他们从最微小的创作开始，一步步成为杰出的创作者。拍短视频起步的人，未必不能拍长片；写搞笑段子的人，未来也可能写严肃文学。

但问题是，这些变化并不是在职场中发生的。小职员不可能一边上着班，每天给公司拍20个小视频，一边拍摄自己的长篇电影。如果恰好这个班又很稳定、收入尚可、经常给一些职场激励，拍摄长片就更不可能了。因为你完全没有理由说服自己不去挣稳定到手的每个月一万块，却去拍一部很有可能赔钱、赔时间，甚至可能根本无法上映或完成的长片。

短视频博主也可能做出形式考究、内容有深度的视频，但这样的视频通常要耗费几个月甚至一年以上的时间。想想李子柒的那些食物视频，她如果每天都要生产20个短视频，也做不出来好看的内容。

在工作时，如果我想象自己写一本书，我会觉得根本不可能——首先，这是赔本的买卖，我多写一个字都是在浪费自己的休息时间；其次，这本书我可能根本没时间写完，那么写了一半的内容也都是浪费；再其次，这本书也许根本不会有人读……

只要在上班，就会有一万个理由说服自己不要创作：创作是高风险投资行为，不适合追求安稳、旱涝保收的打工人。

我在李安的《十年一觉电影梦》中看到过类似的话：

这么多年看下来，我觉得电影这一行真是形势比人强。我那时发现，身边当上导演，又做出点成绩来的，都是持续写剧本的人，而不是打工的人。许多人一出校门就有工作，如剧务、剪接或制作，到后来就继续那份工作，很难再往导演方面发展。

不知道这是不是他宁愿不工作六年也不去上班的原因。

职业化是创作行业的谎言。

一个上班的人不可能做出好的作品，因为他甚至都没有自己决定如何创作的权力。职场是天然的染缸，可以将每个人都染上同一种色彩。只要待在这个染缸里，就能有最安稳的生活。代价则是失去自己原本的色彩。

改变意味着现有生活的失去，而不改变则意味着一份至少可以想象的生活。过去我们用"一眼望到头"形容无趣的生活，但现在我知道，望不到头也让人觉得恐惧。对未知的恐惧最容易将我们控制在某个水温舒适的缸内，让我们在窄小的空间里逐渐肌肉退化，无法再爬出缸外。

17 爆款是一种选择

去年，我读了一篇体育研究的经典论文[*]，这篇论文采访了 120 名国家级和世界级的游泳选手或教练，想要弄清楚怎样才能成为出色的游泳选手。作者分析了人们常见的观点：是不是训练时间越长就越可能成功？是不是选手的个人特质决定了是否成功，比如自信？是不是因为选手们有天赋？这三个问题的答案都是否定的。成为出色的游泳选手，并不是靠某些方面的指标过硬。有非常多综合的因素会影响选手的成败，其中也包括选手对赢的渴望。

这项研究对我最大的启发则在于，我意识到，即便是竞技体育这种如此强调胜负的领域，奥运冠军这

---

* Chambliss, D. F. (1989). The Mundanity of Excellence: An Ethnographic Report on Stratification and Olympic Swimmers. *Sociological theory*, 7(1), 70-86.

样的头衔也不是人人都渴望的。很多人愿意将更多时间花在培养青少年运动员，与俱乐部的队友练习，或者更简单的快乐上。他们知道有些方式可以让技术更加精进，但那并不是他们追求的。

竞技体育的口号是"更高、更快、更强"，但体育本身并不是。锻炼身体、交朋友、获得快乐，这些都可以是体育的目的。追求什么样的体育，就看个人有什么样的选择。

制造流量爆款，不仅是技术问题，同样是选择的问题。如果说追求流量爆款是几乎所有新媒体公司的目的，那么拒绝写流量爆款文章，则更能体现作者和编辑个人的态度与博弈。

流量是新媒体评价一篇稿子好坏的黄金律，但成为"流量惨案"的稿件却让作者重新思考什么是好文章，思考他们在写一篇文章时除了流量还在意什么。

新媒体写作者在耗竭了几年的心力与精神后，再去找一份新工作时，会陷入迷茫的状态，不知道该做什么，也不知道该写什么。工作技能的迁移性也很低。这些写作技能在其他行业可能是没用的。

这不仅是因为精力被耗尽，更因为新媒体作者关于"好"文章的标准难以建立。在所有的训练中，流量要么是唯一的标准，要么是最终的追求。但"好"

文章恰恰有复杂而模糊的标准。

江洋跟我说，她会避免写很多市面上非常火热的题材。

> 比如"江西小镇高价彩礼"。哪怕你知道有些题可能流量很好，你也不会去做。因为看不上。

这类选题在开始操作前，就已经有了一个非常强烈的立场，我们能清楚地知道它在迎合什么情绪。甚至不用写更多的内容，只要在标题中提到"高价彩礼"的字眼，读者就会直接奔去评论区留言，持不同观点的人再互相谩骂一场。

这种写作就像是走进一场热闹的聚会，各式各样的人在谈论各种各样的话题。突然有个嗓门很大的人开始讲他的故事，其他人都被吸引了。聚光灯不断打在他的脸上，话筒递到他的嘴边。所有人都在谈论他的故事，光是小道消息就够大家议论一番。你是来聚会听故事并把故事带回家的人，你也要去听他的故事吗？还是去听角落里某一个你未曾听过的声音？

让作者感到满意的写作，是作者自己也能理解并感同身受的写作。

我觉得自己跟一些采访对象，虽然可能没有见过面，也不怎么熟，但是我们真的在某些时刻非常紧密地联系在一起，我抵达了他们内心深处的感受，那种感受让我觉得很感动，让我感觉跟这个世界的联系更紧密。（江洋）

　　很多新媒体作者都有努力争取写一篇"流量惨案"稿子的时候。这些稿件跟互联网热点没关系，也不是那种有明显情绪指向的选题，它可能只是作者身边发生的、触动他们的故事。

　　为什么要写这样的故事呢？也许每个作者都有不同的答案。对我来说，那个答案也很简单。因为有一些东西曾经打动了我。

　　比如说对工作的反思，我写它不是因为我认为这会是爆款的选题，人人都关心，而只是因为我关心。一定也有很多文章或论文写过这些事情，但它们并不能完全取代我的思考。我并不认为我是特别的，"众人皆醉我独醒"也是一种自恋，我只是想我应该不是特别的，很多跟我做过相似工作的人也许会有共鸣。我是为自己而写，也为他们而写。我也许能和他们有共鸣，也许只是提供了一个"供批判"的靶子，但那都没关系，我至少知道自己是在跟谁对话。

但流量爆款写作不是这样的，我有一百万个读者的时候，不可能知道读者是谁。读者可以是观念、阶级、爱好、地域、民族、性别完全不同的人。我以为自己收到了反馈，但实际上，我不知道这些评论来自何人，他们有怎样的人生经历才会说出这些评论，我不知道他们是否真的与我有共鸣。

写自己关心的问题，因为这里有最本能的诚实。只有心甘情愿去讲述那些不被在意的故事，才能回应我们内心对于因何而讲述的疑虑。

流量不是评价作者水平好坏的标尺，只要我们不再认为流量是唯一值得追求的目标。身处工作中时，我曾经认为自己除了适应这套游戏规则外别无选择。但是当我过了两年再回头看，我才发现自己其实一直都有选择。

我可以选择成为绩效最差，但是写文章最真诚的人。我也可以选择去更小、更注重内容的公司，赚更少的钱。实际上我已经做出了自己的选择。我选择不再工作，但仍然继续写作，哪怕这些写作可能不会带来物质回报。

这是新自由主义宣称的"只要努力就有机会"的背面。我们努力了，但可能因此更加贫困。工作越努力，技能越平庸；精力越耗竭，未来越失业。

我无法评价这种个人选择的好坏。毕竟只是个人

不再踏入流量的河

选择，对社会好不到哪里去，也坏不到哪里去。不值得鼓励，也不值得批评。

当我把流量爆款当作一种选择而不是竞赛目标的时候，我意识到其实在很多事情上，我们都有微小的选择空间。

写作中最让人觉得茫然甚至恶心的商业稿，我是可以选择不写的，至少可以选择少写。过去我总是觉得，写一篇就有一篇的钱，不赚白不赚。但是我现在会想，写一篇就多干一篇的活，能躺在家里不花钱就不用赚钱，赚了也白赚。这么想的时候我就没有"不事生产"的负罪感了，反而是不制造垃圾的崇高感。

我也无法再随意轻视任何与我不同的人了。我意识到在不同的人生阶段，我就是他们。当我是一个工作狂的时候，我轻视那些工作不努力的人。但是现在不一样了，我也是一个不再努力工作的人。社会主义用生产来评判一个人的价值，资本主义用消费来评判一个人的价值。我则看不到价值的标尺，所有人都有价值，所有人都没有价值。只要我们不再比较。

流量不仅是作者的选择，也是读者的选择。在提完离职后我取消关注了300个公众号，以前是为了找选题或者看时事关注它们的，除了找选题外，我几乎没有任何继续看它们的必要。那些流行梗与男子丢狗、女子吵架的新闻，不看只会更好。

最极端的例子是虐猫或奕童的视频。它当然可以激起人们的愤怒，呼唤正义。但如果激情传播这类视频，不仅会造成二次伤害，也让人们的注意力始终停留在"坏人"身上，而无法推动结构性改变。最让我们愤怒也最容易传播的，恰恰是"坏人"的形象，复杂的思考反而无法得到有效传播。但这种大量传播对公众有益吗？

新媒体像是一场庞氏骗局。把更多的人拉进新闻中，让大家关注莫名其妙的事情，这件事于是变成了新闻事件。所以谷爱凌爱吃韭菜盒子也能成为多个新媒体账号的头条。但是点进去看，纯粹是因为无聊驱动的窥私欲。

我想克制这种窥私欲。

在对自己小小的实验中，我先是取关了绝大多数账号，只保留少数几个有实际功能或者比较信任的账号。我会留意它们的标题是否存在太强烈的、煽动性的言论，如果是的话就不会点进去看。

新媒体变得越来越好做了。人们暴露在社交媒体平台上的信息越来越多，新媒体从业者有时甚至不需要采访，收集整理当事人在社交媒体上的碎片，就可以发布一篇文章。比如在重大新闻发生后，有做"非虚构"的新媒体账号会通过当事人在社交媒体上发过什么美食、去过哪些地方，来推测这个人"爱好旅游""热爱生活"。

我会克制自己点开这样的文章，哪怕我也会好奇新闻当事人是怎样的人。对个人私生活的关注，并不会帮助我们理解社会结构性问题。通过社交媒体的发言去了解一个人，更是不讲伦理的做法——当事人发布状态时，从未想过这些内容会被用来证明自己的品行。

新闻会有新闻伦理，新闻学院会教授相关课程。但是新媒体太新了，新到大家还没有达成伦理规范的共识。有太多文章写出来，只是为了满足读者的窥私欲。但作为读者，为什么要放纵自己的窥私欲呢？在点开那些"关注个人"的文章时，我到底是在关心个体，还是只想窥探别人的生活，滋长廉价的同情？像地主看到穷人后感叹道：哎，真可怜，然后扔两个铜板——还只扔给了感人的文章。

拒绝看爆款文章，以及绝大多数新媒体文章，尤其是工业流水线生产的文章，就是我对几年新媒体工作的回应。

当我作为内容生产者时，我受到的训练是生产那些读者会感兴趣的文章。但是当我真的作为读者时，我发现这是一句空想。我们并不知道读者会感兴趣什么样的文章，而是通过刺激性的标题让读者点开这些文章，并默认流量越高，读者越喜欢。

我需要对自己的生活做全方位的改造，才有可能不点开这些文章。在工作过劳的情况下，这些简单易读的新媒体文章和短视频，会是相当大的放松，但如果我工作不过劳呢？我就有更多的时间可以用来做工作外的事情，那些东西能使我从手机的控制中逃脱出来。

只有在不工作后，我才能一整天不看手机。

在工作时，看手机的场景无处不在，其中主要都是在看新媒体文章或者社交媒体信息。早上醒来第一件事就是看手机，看看朋友圈动态、公众号推送和微博消息。刷牙的时候一手拿着牙刷一手拿着手机，吃饭的时候一手拿着筷子一手拿着手机。然后去公司，地铁20分钟，班车半小时，这段时间也都在看手机。上班时会用电脑浏览同样的平台，有时候是为了找选题，有时候纯粹是为了摸鱼，消耗在公司的时间。在公司吃饭排队也要排二三十分钟，等待的时间也会用来看手机。下班后，坐车、吃饭、刷牙、躺上床，看手机的动作又会重复一遍。

但是不上班，很多消耗在手机上的时间就消失了。我不用赶时间通勤了。我不是必须坐地铁的，有时候我会选择骑车出门，最远的时候在北京用共享单车骑了30公里。这可能会花费整整半天时间，但也没有关系，我不用急着去上班。平时如果天气不错，距离在10公里以内，我会选择骑车而不是坐地铁。有时候太远我会选择坐公交车，但是公交车有窗户，可以让自己至少是看着窗外，而不是看着手机。

不用必须坐在办公室时，就不用靠看手机或者电脑来打发时间。我花了一两个月学会了游泳，在水里感受到比写稿更专注的感觉。只关心水下的动作和呼吸，而不用想着还有什么其他消息。我还跟朋友一起去观鸟，用8倍望远镜仔细寻找鸟的踪迹，观察它们漂亮的羽毛。我爬了比以往更多的山，看着初春的桃花和秋天的枫叶时，都没有惦记着新媒体账号是否更新。

我也少了很多排队吃饭的需求。公司的午餐到点供应，虽然不用自己做饭，看起来省事不少，但好吃的窗口总是要等格外久。不工作后，主要为了省钱，我开始自己做饭。做饭前会找好菜谱学习一番，做菜时就专心地做菜。我有时间交朋友，就有机会和朋友一起吃饭，一起聊天，而不是必须看着手机上别人的新闻。

便捷意味着我们不需要对生活中的细节施加控制，也可以不参与过程。我们可以坐在车上，不需要自己走路骑车；可以直接去吃饭而不需要自己做饭。但便捷也意味着，生活中的很多细节已经不需要我们全身心的劳动，我们可以把这些时间留给娱乐，而新媒体不断更新、永不匮乏的文章或视频，就是最廉价且最易得的娱乐方式。

便捷不仅仅是一种生活方式，也是一种生活理念。这种理念会区分时间应该花在哪里才不算浪费。花一个小时骑车通勤是浪费的，做饭也是浪费的，花在工作上才不算浪费。一小时只做一件事也是浪费的，只有同时做好几件事才不浪费。

新媒体的文章刚好能弥补我们对浪费时间的恐惧。坐在地铁上只发呆也是浪费的——我们如今已经不知道该如何发呆。这些文章号称能够通过碎片化阅读，让你即使在通勤路上也能学到知识，或者至少了解八卦，获得谈资。但这些文章同样也让我们无法集中注意力完成一件简单的、身边的事，而被无数在更新的、与我们无关的事情吸引。

注意力被转移到各种各样的事情上。我们称之为"多线程工作"，认为只有胜任了这种模式，才能在现代社会生存。就像我们在工作时要不断处理各种消息，我们在休息时也要看小视频来获取信息。这些信息轻轻地从我们大脑中掠过，无法留下一丝褶皱。

也是在不工作后，我才有可能成为一个环保主义者。因为我花了更多时间去骑车，而不是为了追求更快速度去打车；自己做了很多顿饭，而不是直接点外卖；自己带帆布袋去买菜，而不是买包装好的蔬菜。环保要求把时间花在不便捷的事情上，但也要求我们对事物本身有更多理解。知道食物是怎么来的，哪些人或物参与其中，高档食物是否破坏了环境，是否有不公平的劳动力生产，而不是只接受商家的指定。

环保不只是体现在生活中，也体现在写作上。在工业时代，生产比以往要容易很多，我们能轻而易举地生产上万件衣服，也能生产上万篇文章。但是这些生产是必要的吗？我们不断要求消费者更新换季，更新时尚好卖出新生产的衣服，更新新闻好卖出热点文章，但对于更广的受众、更好的生活而言，这是必要的吗？

我无法面对自己在写新媒体文章时的自我厌恶感。心里会有一个声音在一次次地提醒自己，"我在制造垃圾"。虽然我知道这不客观，但只要对数量的要求越来越高，垃圾的比例也会越来越高。这些文章生产出来，要消耗作者的时间、精力、情感，消费时要消耗读者的时间、注意力和情感。

我是要选择继续生产这样的内容，还是说也可以离开这个行业？这些关于工作的反思，也只能在不工作后才能清晰起来。

尾 声

重新想象写作，重新拥抱生活

18 在 AI 时代

在我写作本书期间，ChatGPT-4 发布，一跃成为当下最热门的科技内容。AI 绘画软件 Midjourney 也备受关注。

写作和绘画，这两个跟创意最直接相关的行业，如今受到来自机器语言的冲击挑战。

我身边的年轻从业者，无论从事的是媒体、公关、广告还是其他行业，每个人都在使用 ChatGPT。学生用 ChatGPT 写申请文书、论文、道歉信，作者也用 ChatGPT 检索材料，生成文章。

自然地，我和同行们在聊天时都会聊到 ChatGPT。我们默认使用它是一个不可避免的趋势。毕竟，这是科幻小说曾幻想过的场景，当它真的出现，我们本应都做好心理准备。

ChatGPT 是一个语言模型，它擅长的事正是我们过去几年工作训练的内容——不断阅读各种文字，从中提取出有用的信息，总结出一段逻辑，然后再生成另一篇文字。

在反思 ChatGPT 对我们的工作造成的冲击时，更需要去思考"文字工作"的目的。我们过去生产的很多文章，ChatGPT 可以轻易生产甚至写得更好。但是这类文章的来源也非常明确，它们来自所有前人研究的总和，将各种信息组合在一起，而不负责产出新知。

同样，因为是对前人研究的总结，它也会带着前人研究中的刻板印象和偏见，尤其是通过不同的语言模型训练的 AI，给出的东西会有不可避免的偏见与局限。

对于 ChatGPT 要取代自己的言论，与其说是恐慌，不如说是自嘲——新媒体作者们清楚地意识到这份工作的本质，是不参与或者极少参与智识创造的机械化劳动，所以他们会常常提起"要被 AI 取代"的话题。这更像是一种对工作的不满情绪，而非对 AI 的观点。

我在离职一年后回到 WAVE 兼职工作了几个月，包括负责实习生和作者的培训，也曾经专门开过一节课，主讲如何利用 ChatGPT 搜索材料写一篇文章。实习生们给我的反馈是，他们利用 ChatGPT 脱离以往的机械性劳动，负责文章中更具有创造性的部分。

这又一次提高了整条流水线的生产效率。原本我们需要不停地换关键词，搜索不同的期刊和网站来找资料，自己去判断哪些内容需要写进文章里。现在，ChatGPT 就可以直接告诉我们，关于某一话题，有几个角度可以参考，每个角度最关键的研究是什么。

写作比以往任何时候都要容易。我们只需要选取最关键的材料，将其拆解、通俗化，再加上一些现实事例，就可以完成一篇写作。作者不仅不需要对这一话题有更深的研究，甚至不需要擅长检索。过去，检索是我们最重要的技能，我们要熟悉不同的资料会出现在哪些网站，怎样不断更换关键词好接近材料。现在，这些都可以交给 ChatGPT 完成。

但依赖 ChatGPT 就会如同依赖互联网资料而非现实生活一样，再一次让创作失去细节。在检索时，我们原本有很多机会误入歧途。我们会读跟主题无关但有意思的故事，有些故事侥幸成为写作中的闲笔，让写作多一丝生趣。或者我们会读到跟主题无关的材料，但是它们因为有趣，可以成为下次写作的素材。在使用 ChatGPT 写作时，这些无关材料都消失了。每一条信息都是相关的，都可以被使用。作者能发挥的空间更小了——如果你已经看过了标准答案，还能想起自己原本打算写的答案吗？

ChatGPT 会告诉我们更符合主流规范的答案。它说自己不带偏见，因此不会提供更多关于偏见的内容。但我们无从得知它隐藏了哪些信息，其实有些信息留下来"仅供读者批判使用"也无妨。体贴的技术如同体贴的权威政府一样，自行省略了这些信息。但是很有意思，我们感谢前者，咒骂后者。我们主动拥抱前者，认为这是我们自己选择的、可控的；我们拒绝后者，认为这是被强加的、失控的。

对技术的警惕常常被视作冥顽不化，尤其在互联网行业。谁拒绝技术，谁就要被时代淘汰。关于技术，我们向来只讨论如何利用技术，只谈及它对生活的积极影响，而不过分追究它如何改变了我们的生活，这种生活是不是我们想要的。我们已经没有选择，我们不可能不使用这些新的技术。

在摄影技术发明的时候，人们也曾担心过画家是否失业。结果就是，如果靠画得逼真来与摄影竞争，这是一场注定失败的战争，画家的绘画必须有自己的思考和创造性的表达。

在我离职后开始做无业游民的日子里，我尝试用摄影代替文字，看自己能否有新的表达。很多摄影家给了我意料之外的思考。

比如阿韦拉多·莫雷利，他在第一个孩子出生后开始寻找更属于自己的摄影方式。在陪伴儿子玩耍的过程中，他重新打量这个世界，观察人们自认为熟悉的事物，比如画册上的反光，铅笔在桌子上的投影等。

很多人在了解知识后，就会认为自己已经知道了，不再去实践，也就不会基于熟悉的知识创造。莫雷利则"重新发明了小孔成像"，他自己制作暗箱，利用小孔成像的原理，将室外的风景投影到了室内。

另一个用各种尝试去呈现水的特点的摄影家戴维·格底斯则说："总有一些现象我们小时候不明白，然后告诉自己'等我长大我就明白了'，但是我现在老了，我才发现原来有些东西我是永远都不会明白的。我试图回到童年，然后去照那些我仍然不理解的东西。"

摄影是最没有门槛的爱好，每个人都可以说自己爱好摄影。只要按下快门，一张照片就可以生产出来。甚至不需要知道相机如何调整参数，全自动挡可以帮摄影新手设置好最合适的参数，人只需要按下快门就可以了。

对摄影的追求变成了对更高级器材的追求。更贵的相机有快速的动作捕捉能力，能够拍出更精确的画面，有更大的光圈、更深的景深，更能突出摄影的主体……由此就能拍出更高清、更细腻的画面，更突出人物主体的摄影风格。

工具的审美也会变成人的审美。在 AI 技术的加持下，这一切越发明显了。一切都可以是自动的，从开始到结束不需要人的干预。那创意由何处体现呢？最能体现人的想法和不一样的尝试，甚至是失误的画面，应该如何获得呢？

我的摄影练习，是先从自动控制换成了手动控制。我开始理解每个参数的意义，这样才能知道我想要的画面应该如何调整得到。

自动控制通常会设置一个刚好合适的曝光参数，画面明亮。我很多时候却喜欢练习拍摄那些过曝的、晃动的画面，在镜头中找到一些"控制工具，而非被工具左右"的感觉。

有一次带着相机去农村大集拍照时，我看到了正在售卖的二手胶卷相机。这些相机让我觉得神奇，它们已经生产了至少三四十年，有些机身都已经有锈迹了，但仍旧可以拍照。我后来购买了一台胶卷单反，学习使用它的过程给我带来了尝试摄影以来最兴奋的时刻。我需要了解胶卷的性能，注意上胶卷的时候不要曝光、每次拍摄前记得过片，选好了想要的画面再慎重地按下快门。

一张照片很有可能不成功。比如曝光不准确，取胶卷时曝光了，冲洗时失误留下了划痕，胶卷过期，等等。但因为如此，人可以干预和创造的地方也就更多。用过期胶卷会得到一些暗紫色的照片，冲洗时的划痕会给照片一些古旧的风味。

再后来我发现，自己也可以做相机。只要有一个密闭的盒子，开一个小孔，里面放一张感光相纸，就可以做一台小孔成像相机。

在写了几年的新媒体文章后，我一度不想要再写任何东西。摄影成了我想要表达的另一种途径。它与技术纠缠得更紧密，或者可以说，它是诞生于技术之上的表达形式。但即便是这样的表达方式，也可以找到不被技术审美决定的个人表达。这些表达并不是为了拒绝现代科技，而是能够重新认识到我们的哪些审美是被技术影响的，我们本来还可以有哪些不一样的审美。

摄影同样给了我很多关于写作的启示。我不想再让自己的写作围绕着互联网转圈了。互联网通过各种方式塑造我们对文章的审美。各种方便统计、分析的数据是这种审美最初级的方式。它还通过更加便捷的互联网检索，让我们快速得到"正确"的答案。

通过各种热榜，它让我们知道当下流行的词语和话题是什么。

数码相机普及后，人们对画面的思考，被膝跳反射般的按快门动作所取代。同样，在互联网时代，对生活的思考，也被对信息的快速反应取代。我不希望再写这种快速反应但同样速朽的文章了。就像我不再执着于当一个才思敏捷、话不落地的人。借由相机，我们能看到原本不在意的生活角落，不管是否按下快门，我们都已经对生活有所观察。

对技术的迷恋，是否也是因为我们太执着于生产？技术可以帮助我们提高一切生产环节的效率。胶卷相机一卷只能拍摄 36 张，购买胶卷和冲洗都有成本。在小心地按下快门时，数码相机已经可以拍下几百上千张的相片。我们甚至可以全部借助于自动控制，连调整参数的时间都省下来。如果你想要足够多的、精确清晰的照片，数码相机一定是更好的选择。

不像胶卷要拍完 36 张后才能拿去冲洗，用数码相机或者手机拍摄，你可以立刻传图到社交平台上。这些照片可以帮你积累粉丝，甚至盈利。在这个实现营收的生产过程中，数码相机非常高产、便捷。

但如果我们的目的不是生产呢？如果我们必须回

答那个问题：拍这么多照片有什么意义呢？我们该如何回复？

在社交媒体上永远刷不完的相似照片，和新媒体上雷同的写作一样，我们生产它们，只是因为要生产它们，但是生产它们的意义是什么呢？它们像糖一样，也许能给人片刻的快乐和甜。但是在这个时代，我们真的需要更多的糖吗？

在一天的时间里写完一篇文章，这篇文章发在网上会收获 500 个点赞，夜晚我们躺下，心满意足，这一天没有白费。但如果这一天我们原本就是躺着的，什么也不做，这样就是浪费吗？

以原始的方式照相、写作，以极低的效率生产，这当然不符合工业时代对效率的要求。但内容本来就不是生活必需品，我们大多数时间都不需要内容。如果不是为了生产，一年读一百本书也未必比反复读一本书有更多的快乐。

我们无法拒绝技术。技术主动改造了整个系统。我们不能选择是否采用纸质出版，因为越来越多的印刷公司倒闭，报纸排版印刷也可能成为失传的技术。胶卷单反相机不再生产，现在能买到的通常是五六十年前在其繁荣时代生产的产品，会冲洗胶卷的人越来越少，胶卷的价格也一路走高。我一边讨论胶片相机如何让我重新认识了摄影，拍摄了怎样意料之外的画面，一边又随身携带着数码相机，相信只要拍够一定数量的照片，总会有好照片出现。

你看，我也是一边相信创造的逻辑（来自观察、思考、反应），一边相信技术的逻辑（用一台至少能拍上千张照片的相机，不计数地拍下去）。

我们当然也不会拒绝 ChatGPT。ChatGPT 的使用是一次"进化"的过程，它迫使越来越多的人必须正视它的存在，让自己更有创意，好不被完全取代。对于作者来说，这无异于一次提醒——永远不要放任自己的懒惰，不要沉迷于已有的叙事，不要停止对更精湛、更深刻、更新颖内容的追求。

但是，如果不愿意卷入这场战斗呢?

ChatGPT，无论其语言的收集还是应用，都是依托强大的互联网，在赛博世界里实现。尽管我的工作每天都在网上进行，但辞职后，当我重新拾起生活里的琐碎细节时，我确实发现，世界并不全是赛博的世界。

这个世界上的创作与表达，还有一大部分是未被数据化的。即便有了数据化的文字和图像，人的交谈、情感、人与动物、自然、社会等相处的细节，仍旧不会被数据化。那里，就是数字化未到达之地，也是能够不断创作和思考的地方。

最原始的写作能保留最多的文字细节。电脑书写能够记录下很多信息，但是在纸张上写字，字迹好坏暴露了当时的心情；纸张可能是精心挑选的信纸，也可能是随手找到的餐巾纸，上面有泪渍、酱油渍、污痕、水痕，而那些痕迹里有更多记录的细节。

当技术将越来越多的信息转成字符、代码，并在一次次传递中失真时，创作者至少还可以回到现实世界中，在那里寻找更细微的观察，更敏锐的情感。

ChatGPT 让我们知道的越多，我们不知道的也就越多。创作，是一个发现未知的过程。在技术时代，未知可能恰好隐藏在被 ChatGPT 和新媒体过滤的残渣里。还原也是求知的过程。

我想到工业化时代的故事。在 20 世纪 80 年代的江苏，由于轻工业快速发展，很多村庄纷纷建起了高速公路，推倒了原先的房屋建起了小洋楼，也因此造成了水土污染。20 世纪 90 年代后期，当中国开始发展旅游业时，这些村庄早已失去了原本的风貌。一些偏僻的小村庄，因为交通不便、缺乏工业资源，没能建起本地的轻工业。也因为贫穷，大量房屋没有更新。但保留下来的古建筑和景观却让这些村庄成为旅游业的热门目的地。当轻工业发展越来越艰难时，旅游业反倒能成为一个地方的支柱性产业。

当然，这只是故事的一个版本。越来越多相似的水乡、古镇，也让游客慢慢对江苏的江南水乡失去了兴趣，如今他们转而投向了新的旅游目的地，寻找那些未被过度开发，甚至不够"现代化"的村庄。但这个故事仍旧给我关于互联网内容的启发。

新媒体以及相关的新技术，包括ChatGPT，以横扫的姿态席卷全区。像当初工业化和其他所有的变革一样，似乎都是不可阻挡的。

工业化的生产模式，将原本具有个人特色的内容，拆分成一个个信息模块，然后组装成一篇篇"信息量巨大"的文章。读者最初会感到震惊——"全是干货"，他们这样说。但是总有一天，他们也会厌倦。因为这些"干货"不过是像百科一样组装起来的高度相似的文章，他们看到的每一篇文章都可以轻易做到"信息量巨大"，但又雷同、乏味。读者有一天也会想知道，为什么要了解这些信息。尤其是这些去除了历史脉络和个人情感的信息，它们看似客观公正的背后，到底藏了哪些人的故事，我们真的关心吗？

新媒体生产的文章，完美地切合当下对信息的痴迷。一篇文章似乎只要提供足够多的信息，就可以是一篇好文章。读者只要有足够多的信息，就可以方便他们做出更好的决策。我们很少谈及信息的负面：仅仅是阅读和处理这些信息就会占据大量的时间，而这些文章并不会让读者有更清晰的视角，因为信息都失去了其土壤与脉络，无法为我们提供逻辑上的判断。当信息越来越多，人的大脑总有一天不可能同时处理那么多信息，AI 一定是更能胜任信息处理的。那时候我们应该怎么做呢？把决策权直接交给 AI 吗？

就像这些年的高考志愿填报，新媒体写作会致力于描述各个专业的就业率、学校的历史，或者给出填报志愿的建议，但如果只是从信息丰富程度上说，这样的写作远比不上任何一个"AI 志愿填报"网站，这类网站可以根据分数直接推荐相关的学校，每个学校的各类信息（包括就业率、历史等）都可以展示在网页上。

如果新媒体要跟这样的 AI 网站竞争，几乎不可能有任何胜算。但我们为什么不反思，选某个专业、学校，一定有一套规范标准吗？一定要通过这些信息判断得出吗？十年前这类写法还能拥有其受众，但人们拥有的信息已经比十年前多了太多，那现在呢？

创作并不是一个比谁盈利更多的问题——至少在离开新媒体后，我就很少再这么想了。

我确信我们无法从新媒体中获得更新的思考，因为它的一切来源都是旧的知识。只有生活本身，能给我们新的感受。更好的创作未必要和 ChatGPT 较劲，跟它比更高更快更强，我怀疑这一切是否有意义。为什么我们不可以重新珍视它所抓取不到的那一切。世界上最强的围棋棋手也下不过阿尔法狗，但围棋因此失去意义了吗？学习围棋因此失去意义了吗？倒是在柯洁输给 AI 之后，棋手们的评论引起了我的注意。

随着人工智能不断在比赛中胜出，职业棋手开始纷纷转向研究和学习 AI 的着法。用柯洁的话说，"应该没有一个职业棋手不被 AI 围棋影响"。

但对于柯洁而言，跟 AI 学棋也"是一个很痛苦的过程"。由于棋手们都在用这种方式提高自己，投入大量的时间和精力后，反而感觉像在原地踏步。而且自从 AI 出现以后，自己与其他棋手的差距正在逐渐缩小，想赢棋变得尤为困难。

相较于 AI 围棋，柯洁认为"传统围棋会更有趣一些"。但如果需要赢得比赛或提高实力，不管对于职业棋手还是业余棋手，使用 AI 训练始终是最有效的方法。"因为他们都在用 AI '卷'，你也只能使用 AI '卷'。"

AI 给棋手带来的影响是双面的。在柯洁看来，AI 就像一个"标准答案"，在棋手不断学习和模仿 AI 的过程中，也不可避免地失去创造力。

徐莹对此也深有感受。她坦言，在 20 世纪八九十年代，围棋界涌现出很多不同风格的棋手，但现在已然看不到这样百花齐放的现象。AI 的出现对棋手的创造性形成阻碍。现在年轻一代的棋手在训练时更加注重技术性，落子常常大同小异，失去了个人魅力。她更希望看到有不同风格的棋手出现。[*]

和 AI 较劲，人只会变成 AI 的模仿者。这样的事情媒体已经经历了好几轮。报纸记者跟网络媒体抢时效，新媒体写作者每天更新来吸引受众的定时观看。但这些"苦力"终究很容易被 AI 取代，人既无法战胜 AI，也无法实现自己。最熟练使用 AI 的人会赢过他的同行，但仅对创作而言，这种胜利是我们所追求的吗？

新媒体行业当然不会消失。我们难以想象一个没有低级趣味的世界。

---

[*] 原文见于澎湃新闻报道《从对手变老师！"人机大战"五年后，柯洁再谈 AI》，https://www.thepaper.cn/newsDetail_forward_21195361。

但是当真正离开了这个行业，我也同样会思考，我真的需要这些东西吗？真的宁愿刷小视频也不发呆吗？宁愿看公众号哲学也不出门吃烧烤吗？宁愿看这些东西也不玩泥巴吗？

离职后我戒掉手机的方式，是每当想躺在床上刷手机时，就问自己一句："技术进步让我们获得了大量空闲时间，这些空闲就是为了躺在床上玩手机吗？"或者再问自己："我们从家务劳动中解放的目的，就是被社交媒体奴役吗？"然后我就会从床上爬起来，自己动手做一餐饭，而不是点外卖。买菜、洗菜、切菜、做菜、吃饭、洗碗、发呆，这些会花掉一整个上午的时间，但花在这里并不比花在手机上更浪费。

离职后我读了一本《拒看新闻的生活艺术》，作者写了快新闻对我们生活的影响，并认为看这类快新闻毫无必要。快新闻剥夺了我们的注意力，让我们每天都在各种各样的信息中流连，对什么都无法真的用心与关心。它甚至麻木了我们的情感，我们不知道该对什么样的事情愤怒。

每一条恶劣的社会新闻，我们都要愤怒吗？每一件不公平的事情，我们都要声讨吗？每一个心碎的故事，我们都要伤心吗？互联网传播了太多这样的道德观。人们在网上无限使用"他们最后来抓我，这时已经没有人替我说话了"，或者"为众人抱薪者，不可使其冻毙于风雪"来要求我们对每一件事都投以关注。这种关注甚至不需要付出任何努力和风险。

我不想做这样的事情，把一条转发就看作为××发声。这是新媒体写作的情感：先认为自己应该有某种情绪，再将这一情绪放大，并感受到正义感。这些情感已经与信息无异，区别只在于前者是提供一些信息让我们选择应该如何站队。相比于这种消耗在网络上的时间，去陪伴家人，去做一点微小的行动——哪怕是去树林里捡垃圾，都更有真实感。大众的关注可以在短时间内让单一事件得到关注，这当然也很重要，但很难进一步推动系统性改变，尤其是大众的注意力很快被另一个新的事件吸引之后。能够长期关注一类议题，或者哪怕是给一个长期服务该类议题的公益机构定期捐款，也许比短期内不停地转发，更能带来社会改变。

很多人说技术降低了成本与门槛，以前怎样的人才能写作，现在任何人都可以在网络发表。但互联网让我明白的另一件事是，发表不是最重要的事，这些内容的发表到底是促进了人类理解还是增长了自恋，实在难说。争相表达未必促进了互相理解，表达本身并不带来智识的增长。

19 想象蓝领工作

在工作到崩溃时，我想过这是不是脑力劳动带来的痛苦。白领工作的无意义感充斥着我的生活，我不知道生产这些文章有什么意义。越是无法思考、机械地工作，我越觉得自己写出来的是垃圾，是浪费别人时间的上瘾物质。

那时候我的确想过，是不是蓝领工作会多一分意义。毕竟，做一个包子就是一个包子，至少能填进一个人的肚子。

最好是一份不需要动脑，不需要思考意义的劳动。能跟具体的人接触，而不是网上的劳动。

我应聘过照相馆的照相员。不是摄影师，就是拍证件照的照相员。相机所有的参数都已经调好，灯光也已经打好，只要按下快门就可以了。但不知道为什么照相馆后来没有回应，而我又有了新的爱好，于是也没有继续追问。

我从学生时代到离职前，一直不爱做家务。我妈妈经常批评我的房间太乱了，又什么饭都不会做，她没法想象我在北京是怎么生活的。我那时候总是振振有词地说，吃什么都可以买到，租的房子每两周都会有保洁阿姨来打扫，我不打扫也没有关系。在工作的前两年，我一直秉持着"最重要的是工作、赚钱，其余一切都可以通过钱来获得"的想法。

但是离职后，我不这么想了。我换了一个不是由职业中介打理而是房东直租的房子。房租便宜一些，也没有保洁上门打扫。这个房子老旧到没有暖气，在整个北京都罕见。我花了一整天的时间打扫整个房子，自己动手换纱窗、拆洗空调、清洗地板。这份劳动给我带来了非常切实的快乐，以至于我不仅打扫了自己的房间，还把公共空间也全都打扫了一遍，拆洗了油烟机、洗衣机以及客厅空调。

我在社交媒体上发布了广告，说我可以做有偿家政服务，提供打扫卫生、做饭、陪诊等服务，但也因为没人找我而作罢。不过有人评论说，他认识的几个职业网文写手都会这样，上午送外卖，下午写小说，主打体力脑力相结合。

当我认真看招聘网站，试图在其中找到合适的工作时，我发现自己其实并不想做蓝领的工作。其中最大的原因就是，工资实在太低了。一个面点小工的工作，需要从早九点做到晚九点，中间没有休息的时间，而收入可能只有做新媒体的三分之一到二分之一。这样全勤的高强度工作的收入，甚至没有兼职给新媒体写两三篇稿子赚的钱多。一旦我将工作与薪资换算一番，就会觉得不如不工作，躺着也行。但制造业流水线上的员工不能像我一样选择，也不会像我这样想。

我能够两年不工作，甚至开始写这本书，也因为我曾经在新媒体行业工作过，积攒了一笔小小的积蓄。这份工作确实消耗了我，但确实比很多我想象中"有意义"的工作赚得更多。

我意识到，我想要的是拥有更高自主性的工作。比如可以预约、双方沟通时间、可以拒绝服务的家政服务。如果我去家政公司上班，必须接受公司的安排，接受"顾客就是上帝"，我也无法有作为劳动者的话语权。

在餐饮行业工作过的朋友告诉我，做厨师是非常累的工作。经常一站就是十个小时，没有休息的时间。客人多工作忙的时候，前台与后厨很容易产生摩擦，遇到麻烦的客人，经常能毁掉一天的心情。

蓝领工作并不是不需要动脑的工作。面点小工需要有面点加工技能，还要有强大的时间管理能力。首先，我没有办法应聘这些工作，我缺少职业所需要的技能。其次，所有工作的技巧也是要学习的，也要很用心。如果我一点也不想用心，做什么都像机器一样，我做什么工作又有什么差别呢？

我为自己曾经对蓝领工作的想象感到羞愧。这是久居互联网之后的想象。互联网从业者抱怨自己加班、流水线和压力巨大的工作总是会引起最大的声浪。从互联网辞职、回归田园，或者做一份体力劳动，又能再收获一波大家的讨论、羡慕。我们很容易只在互联网的泡泡里看到自己的痛苦，并希望他人关注这份痛苦。

我们经常自比是流水线上的工人，却矢口不提这份工作跟真正的制造业流水线最大的不同——新媒体的流水线工作有着远高于制造业流水线的工资、福利、假期、自由度。

作为白领引以为傲的那种"便捷"生活，是以忽视其他劳动者的个人情感和主动权为代价的。我们需要随叫随到的保洁员、司机，不希望为这些劳动付出任何情感，只当作付费-赚钱的交易。但这些劳动中分明就有对方的耐心、勤恳，那些不被纳入花钱购买范围的劳动。

自比为流水线工人，不应该只是为了从大众传媒那里获得更多的同情与关注。能获得关注本身就是极少数人才能拥有的幸运或特权。当我写下"新媒体流水线的工作模式怎样伤害员工"时，我反对的不是新媒体这个行业，而是工业流水线的生产模式。我不是因为写作者的身份才不应该用流水线、高强度的方式写作，而是因为任何一项工作里都包含着人的情感和个性，这些不容于高速齿轮的特质不应该被理所当然地忽视。至少我们应该去了解真正的流水线工人的工作和生活条件。至少他们应有自己的声音而不是被作者代言。

到这里，我们可以重新审视作为流水线工作的新媒体写作。

写作不应该以流水线的方式进行，是因为写作是多么高尚、多么富有创意的行业吗？它当然可以是，但这份独特性并不是与生俱来的。作家或记者将自己的情感与个人特质融入写作中，作品才得以展示出极具特色和创意的可能。人们因为能从写作中看到创造力，才能相信写作是一项创造力的劳动。

但新媒体改变了我们对写作的认识。写作可以是一项按照流程机械完成的任务。写作可以没有任何创造力，只是重复相似的内容，生产流水线上标准的产品。与食品、服装、电子产品、家具、日用百货这些生产线上的产品无异。

即便是如今已经高度工业化的食品、服装等行业，也不是与生俱来的千篇一律，不带任何创造性。工业化时代之前，每户人家都有自己做饺子的食谱，虽然可能味道一般，但至少不是直接买速冻饺子。每个人的衣服也都是不一样的。是工业生产的历史让我们接受了它们如今的样子，但这并不意味着人们在生产中"天然"没有创造。

当想到生活百货生产线时，我们想到的常常是标准的、物美价廉的产品。但这些产品后的人既没有名字，也没有面孔和声音。

我们假定工业产品就应该如此，有严格且一致的生产规则，个人原本就应该做一颗合格的螺丝钉。但只有当自己也真的成为这样一颗螺丝钉时，才会发现这一整套流水线生产规则对人的漠视。

为什么当我作为新媒体作者时，我如此不假思索地吹嘘工业化食品生产，并认为最好的食品就来自科学的生产线呢？为什么那时我评价一个产品时，只能看到"产品"，却看不到背后的人呢？正是因为这些，我才有对蓝领工作的幻想，认为手工活、体力劳动会更有意义。

也许就是因为，我潜意识里总觉得，写作跟做馒头是不一样的，脑力劳动和体力劳动有差别。所以食品可以工业化生产，而文章不可以。我显然忘了，食品失去家庭特色，也不过是近几十年发生的事情。也许要不了多久，文章也会面临如此的命运——有一部分快新闻早已开始用这样的方式生产了。

当我将自己视作流水线工人，也将流水线工人视作手工艺人时，我发现其中的差别消失了。脑力/体力、蓝领/白领，创造性工作/生产性工作，这些二元划分是我们想象出来的。我们用这样的想象，给工作划分出等级（很多人都说这只是工作类型的不同，却不承认这些工作就是有等级差异，不管是薪资福利还是社会地位）。这种划分有相当残酷的一面，仿佛只要成了蓝领工人、做了体力劳动，他们的劳动就是不怎么需要动脑、不怎么关于创造的，只要按照流程生产产品就好。即便他们想在流水线产品中施加一些个人影响（在脑力劳动者那里，这就是创造），这些成果也只会被当作工业瑕疵品，是不合格的产品。

我们无法想象蓝领，因为这是人为划分出的区别与概念。如果蓝领工作指的是依靠自己的体力、技术，服务他人的工作，那写作就是我最想做的蓝领工作。

　　　　　　　　　　不再踏入流量的河

我愿意为此付出体力——在桌前一坐就是四五个小时，大脑消耗了身体 20% 以上的能量；提升技术——尝试用不同的方式表达观点、描绘事情，让表达更加简洁、精确；服务——为和我有同样困惑或痛苦的人写作，为需要在书中寻找慰藉的人写作。

如果一份工作有着高强度的工作任务、工作节奏和工作压力，工作权益无法被保障。那么无论这是蓝领还是白领工作，它都会让我们崩溃。互联网从业者的崩溃已经在新媒体中被讲述太多了，但那远不是事情的全部。

20 拥有日常生活

　　我和前实习生聊天，她说自己没有留下来的原因是，她看到了留在这里只有两条路："要么成为领导那样，有所谓复合的能力，要么就是沦落到和你一样的状态。"

　　但很神奇。在进入"我这样的状态"前，我是不敢想象自己能接受这种状态的。进入这样的状态之后，我发现这竟然是我对自己最满意的状态。两年的时间，我都没有再上班，只是偶尔写稿赚点钱。不再有任何上下班的时间、节假日、定点供应的食堂、工作任务，每一天做什么都由我自己安排。

　　过去，我曾经清楚地对朋友说，我不会接受自由职业或者完全不工作的状态，因为我可能会日夜颠倒、生活不规律，工作至少保障了我稳定的作息节奏。但当我真的能自由安排时间时，我发现自己没有像想象中那样报复性熬夜，也没有像工作时的周末一样，一天只吃一顿饭。我甚至开始早起给自己做早餐，或者骑车去两公里外一家有名的早餐店吃一碗胡辣汤。

上班时，我对不工作的想象是像周末那样，除了跟朋友出去吃饭就没有别的事可做了。但是当我真的不上班工作后，我发现能做的事太多了。我终于有时间学习游泳了，还能赶在没有人的时候独占泳池。

上班工作给了我强大的安全感。即便我不知道自己是谁，要做什么，只要我还有一份工作，日子就能这样继续下去，不是非要改变不可。改变也不是非要在当下不可，做自己想做的事可以拖到明天、后天，因为当下还有"工作"这件更为要紧的事要做。上班可以安排我每天的生活，可以让我不用为生存担忧，可以有"产出"，我用工作来相信自己是有价值的。

如果工作的强度没有那么大，意义消失得没有那么快，我也许还会在这个行业中多干几年。人有安于现状的本能。劳逸结合是工作给自己续命的方式，用能接受的工作强度，让我们一直工作。

但因为我在这份工作中的消耗实在太多了，我已经无法再继续了。与之同时被摧毁的，不仅是我对这份工作的信念，还有对工作和与稳定工作相关的所有事物的态度。

我不再觉得人一定要工作了。不管是新媒体写作还是其他工作，很多意义都是我们强行赋予的。它没有我想象中那么重要。承认这些工作没有意义，我们才不至于陶醉在自我感动和自我牺牲中，用情感投射代替真正的探索。

一份稳定的工作意味着一个可以想象的、主流的、安全的生活。过去我以为这就是我需要的，是让我不至于坠入深渊的保证，但是现在我也不这么想了。否认自己的特质、情感、痛苦，让自己融入一套标准中，这样做带来的安全感并没有让我好受一点，反而让我无止境地怀疑自己，问自己到底要干什么，却得不到答案。

真正面对未知，面对无法被某条道路清晰描述的生活，虽然给我带来了非常多不确定感，但也让我能够面对内心真实的感受。至少在当下，我觉得做个迷茫的人，好过做一个在标准下痛苦的人。

罗素曾在《闲散颂》中写道：既然人们在业余时间不会感到劳累，他们就不会只需要消极乏味的娱乐活动。至少有百分之一的人可能会把闲暇时间用于具有公共意义的追求上。

当一份工作忙碌到需要每周 7 天、每天 24 小时都保持工作状态，极少能有整块时间可以自由安排或者休息时，这份工作就失去了意义。

凡事不可追问。如果是为了赚钱，赚这么多钱的意义是什么？赚了钱都没有时间花，那还有意义吗？如果是为了买东西，买这些东西的意义又是什么，买完了会快乐吗？为了孩子，是孩子需要这些钱，还是我们以为他们需要？总之，只要不那么迅速地给自己一个答案，只要不断地问下去，我们很快就会发现——为工作所做的牺牲并不值得，工作没有那么重要，甚至赚钱也没有。

生活的意义跟那些我们能自由支配时间时选择做的事情有关。

同事何安说她生活中最重要的事情是追星。大多数时候她都是刷刷微博看看消息，但是每年也有一两次机会能参加线下活动。

只要有双休，正常上班不让我加班，我就觉得 OK。如果能掌握自己的节奏，我可能每天会有一些时间去看一看，这个事不是很耗时间，对我来说可能就有点像一个每天必须做的事，会给我带来一些安慰快乐。

伍志则说他需要有时间去做饭。

　　给我一些业余时间，让我能够有一个节奏正常的生活，然后我可以去做一些其他的事情。比如说我自己会在家做饭，我会研究做饭怎么做东西。还有就是出去玩，但是出去玩太费钱了。

他在离职后选择了休息。但并不是什么事也不做，而是在小区的业主群里做一些事情。

　　我最近又在尝试做一些新的事情，当然不是内容，我去找我们的居委会，看看能不能在社区里面做些东西。比如说组织一些活动，或者去做义工这样。我们小区业主都觉得绿化做得特别差，我就跟小区里面另外一个人，一起去跟物业开会，让他们赶紧把绿化弄好，催促他们弄了一个绿化行动方案，做了一些这样的事情。

我在不工作后才有时间和精力做了很多公益和义务劳动。这些劳动给了我比写新媒体文章高得多的价值感。
比如，我对性别史一直有很大兴趣，在工作时就想着整理一些北京当地跟女性历史有关的景点，做一个性别视角的文化导览。但是在工作期间，我一直太累了，即便有了一点空闲，也更想简单跟朋友们吃吃饭，而不想做任何费脑子的工作。要整理相关的资料也会耗费时间和精力，而我当时连看字都觉得累。

不上班后，我开始重新拾起自己对女性文化导览的兴趣。北京历史古迹的门票不算很贵，我得以有时间游览了北京的很多地方——以前我的行动轨迹只局限在家、公司和朋友约的某个商场这三者之间。

我在国家图书馆旁边的北京石刻艺术博物馆里看到了一块"慧仙女工学校"的纪念碑，是为了纪念1906年成立的专业女工学校。也在王府井附近看到了成立于1916年的"基督教女青年会"的牌匾，尽管那里现在已经改成了居委会办公场所，但当时的匾额仍旧留了下来。

我后来带着几个朋友一起走访过这些地方，也给他们讲述了当时发生过的历史故事。线下的接触和交流给了我更多智识上的快乐。因为我不再是自鸣得意地写一些文章，并被完全陌生的、缺少历史联结的读者读到。在线下的交流中，我给朋友们讲的故事里有我的写作创造，有我个人想表达的内容，朋友们也会向我反馈他们的个人故事和感受，我们是平等的作者和读者，而不是单向输出的关系。

脱离了互联网传播的写作会让我思考写作的意义。过去，我只知道写作是因为自己想写，但自我的欲望如何和与自己无关的读者联系在一起？互联网无法给我们答案。一篇无法引起大量反响的文章，无法给作者反馈。在线下空间，即便是普通人的一篇小小的文章，也可以收获认真的读者。可笑的问题也有机会得到深入的解答。

　　我意识到我始终渴望这种具体的、生活中的人的关联，而不只是在互联网上相处。我也开始想象不同的写作模式——跟生活有关的写作，而不只是停留在纸上。

　　可以有很多种形式。比如我可以继续写女性史的故事，讲给对这个议题感兴趣的读者听，邀请他们一起参与线下的游览，一起感受这些故事曾经发生在什么样的时空里。我相信其中仍然可以找到可持续的、有稳定收入的方式，只要我们不是一味地追求做大做强。

　　我也想过在老家做电影放映，因为村里年轻人都已经走了，已经没有什么娱乐方式，只剩下一些老人住在这里。但是我也喜欢跟他们待在一起，听他们讲故事。我可以放一些豫剧电影，或者别的他们喜欢的电影。我想古代的说书人也是内容创作者，他们不仅创造故事，也会从村民那里得到故事的反馈。村庄和社区会给他们报酬，这种盈利方式在互联网时代显得太慢、太落伍了，但为一个村庄创作却是值得的事情。

也可以靠写作赚点钱维生。我想过如果写书了也许会面临宣传的问题，但并不一定要把它当作一项追求最大化传播的劳动来看待。我希望和读者一起做读书会，最好是长期的读书会，多读几本书。在这个过程中既宣传了书（哪怕只是面对10个读者），也能从读者那里得到反馈，更在交流中互相增长智慧。我们并非只能是卖货-买货的关系。

另外一件我很想做但一直没有做的事情，是做一个写作支持项目。写作是表达自己的权力，通常只有受过训练的人才能表达，最应该被听到的声音却最难被倾听。我想做一个让普通人也能诚实表达自己情感的项目，不是为了赚钱或流量的写作训练，而是能从写作中感觉到自我与尊严的写作陪伴。

互联网给我们创造了太多惊人的故事。普通人可能一夜成名，立刻拥有年薪千万的收入；小企业可能在直播中占据风口，拿到了远超产值的订单。我离职后学着做了包子，朋友说我未来可以以此谋生，我说这才能赚几个钱，难道我要一天全部拿来做包子？他说你这就没有互联网思维了，你拍做包子的视频，做自媒体，这才赚钱啊。

但我想过一种没有互联网思维的生活。一个做包子的视频被千万人看到，它带给我的价值感是虚幻的，是抽象的数字和隐身的读者。但如果我跟家人一起，或者村里的老人一起做包子，我会觉得自己站在土地上。我们不仅可以聊天，还能分享彼此的手艺和技巧，让具体的个人感到真实的快乐，比收获一千万的数字对我而言更重要。它至少诚实。

我和读者之间不再是单向输出，榨干自己以喂食，或者仅仅是刺激读者的状态，我从生活中获得知识。这些都要求我有脱离互联网去创作的想象力，也要求我找到不靠互联网生存下来的方法，这也需要想象力。正因为我不再希望自己的生活全部建立在互联网——这个如今已经不可回避的庞大体系和机器之上，我才需要自己有更多的想象力。也许这些想象力能够让我有比以往多一点点的创造力。这不是说我不再使用互联网了，那不太可能，而是我需要看到网络之外的可能性。

在《规则的悖论》中，作者曾说：从历史上看，一个权威体制自我宣传的最有效方式之一，不是直接谈论自己的优点，而是创造一幅生动的反面图景，告诉人们如果没有了（比方说）父权制权威、资本主义或国家，生活会是什么样子。

新媒体写作者总是很容易夸大自己写的文章的重要性。好像知道 2000 公里外的城市有小偷偷了电动车对我们很重要一样。如果没有了这些互联网文章，世界将会变成什么样？世界会更好。

我们可以去关心自己真正在意的问题，而不是率先看到一个人的标签以及它能否成为爆款，哪怕这已经是职业训练留下的后遗症，它仍旧可以被生活克服。

深入生活的角落和缝隙，知道一顿饭是怎么做出来的，鸟儿具体长什么样子，如何辨别一棵野菜……我们总会知道自己想表达什么，或是过一种跟表达无关但沉浸于当下的生活。

在新媒体工作时，我确实常常有写"自己的选题"的冲动，一些我觉得有意思但并不符合公司风格的选题。那时我觉得这也就算是我对写作的"独立意识"了。但现在回想起来，我发现当时想写的很多选题，虽然不是公司推崇的风格，但仍然是互联网或者主流媒体想要的内容，仍然是关于我怎么看待别人、怎样猎奇别人的生活。

我说着自己没有预判，只是想要了解和我不同的人，但实际上当我想出"少数群体""职场母亲""高端保姆"这些选题的时候，我已经在用"互联网思维"和"选题敏感度"来选择要写什么了。我说这是自己想写的内容，当然不假，但我也知道这是大众可能感兴趣的内容，写得好可以发表，成为爆款，写得不好也有受众。哪怕写得再差，这样的话题都有人看。

我想尽力洗刷掉这些新媒体训练和职业写作的痕迹。它带给了我太多对事物轻而易举的想象，也抑制了真正的好奇。

当我要求自己不再从互联网和标签中找选题时，我发现这并不容易。前者还好说，只要我不上网，少看社交媒体，就不知道现在大家在讨论什么了。但是后者并不容易，我很容易看到一个人身上最有"话题点"的部分，然后在心中构建出可能的选题。比如我的妈妈，她在教育压力最大、竞争最残酷省份的农村当老师，我跟她聊天时，很容易构建出关于教学压力、教育公平、青少年抑郁、农村学子的选题。但我打算写这些内容，是因为我对教育有最多的话想说，还是因为我知道这是大家关心的话题，并且"值得书写"？这些"值得"的标准是谁教给我的呢？我自己内心对"值得"的判断是什么呢？或者不说"值得"这种价值判断，我想要跟随自己的好奇心一直了解下去的内容是什么呢？

如果以"选题"的意识来写作，当然也会有相当出色的作品。但这还不够。大众和专业评审认为"重要""值得"的选题，通常都是有某一特质的选题。这些选题有它们的受众，也有它们坚信的价值。但是我们能在这些东西之外，找到其他可以书写的东西吗？我们可以去发现新的叙事吗？

写作也许可以帮我深入生活中那些我未曾关注的角落。我像使用相机一样，用写作观察菜园里的蚂蚁、蜜蜂，观察本地的食物，这些不被互联网关注的生活细节，却足以让我花费一整个下午的时间观看。我乐于去做更细致的书写。我奶奶会将春天的洋槐花摘下来晒干，秋冬的时候拿干花包饺子、炒蛋吃。我还不曾知道她是怎么把那么多花摘下来，拿去哪里晒干，要晒多久。还有藏在食物中沉默的过去、饥饿的记忆。那些故事比土耳其地震或俄乌战争都更让我沉迷。我也不在乎别人是不是会说我"政治冷感"或者诸如此类的词，这实在是太专属于互联网而属于生活之外的词。要求所有人都对某件事表态是一种危险的意识形态，互联网则充斥着这种远离生活的站队。我不必为此证明自己。

我有自己心中想写的内容，它们从生活中而来。但生活并不是为了写作。生活比写作更重要。为了生活（赚钱）可以去写爆款，但为了生活（照顾情绪）

也可以不再去写。

我并不是为了要写一个"如何写作爆款"或者"互联网大厂女工的日常"的题目，才进入这个行业的，我也不会为了写作这样的题目，让自己留在这个行业，或者成为行业的代言人。我可能曾经自得于爆款写作的技巧，并将之写成了文章，但我不会为了印证文章的正确而继续那样的写作。写作只是生活很多面向的一部分，它不能取代我真实的生活。我更不会为了某个选题，将自己的生活变成人设或者展演，以此来完成写作，或者将自己的生活都包装进这样的话题里。

工作很容易让人忘记，生活是没有目的的旅途。工作帮我们设定了一个个要完成的目标，但作为人，我不知道人生有什么目标是一定要完成的。至少我目前还没有收到这方面的通知。为了写作而放弃自己对生命的探索并不值得。

这本书里写了很多我对写作和工作的困惑，但并不能保证我未来不会有同样的困惑，因为我无法预测自己的生活。我必须明白，生活的每一步都藏着我们不知道的答案，我们并不能宣称自己了解了事实的全部，甚至并不能试图了解全部。因此写作并不能给我回答，它只帮我记录下自己思索的答案。我必须知道，这不是最终的答案，我写下不是因为确信，而是因为这是对此刻生活的回应。

当我不再依靠写作来给自己一个明确的方向，也不再用写作来确信某种叙事、某种价值的时候，我才有可能擦除职业写作在身上留下的印记，不再执着于相信职场的叙事，而是用职场未曾教我的角度去看待生活。职场为我设置了太多清晰的目标，但生活没有目标。如果为职场而写，我会写清晰的作品，但如果为生活而写，我能允许自己的写作始终变化，也始终承认生活的复杂。

作者总希望别人能告诉他们，写作的意义是什么，为什么要写这个题目，为什么值得写。因为关注了底层，还是反叛了权威？但我们永远无法从他人那里得到写作的意义。写作的意义只能从自己身上来。

过去，我相信一份新媒体的工作可以让我写的东西"有人看"，因为我回答不了"没人看的东西有什么意义"。我现在可以承认，没人看的文章没什么意义，但是有上百万上千万人看的文章也没有什么意义。意义不因读者的多少而存在。意义也不是一种应当遵循的价值观，用一种价值观去指导自己，哪种生活值得过，哪种不值得，或者哪种文章值得写，哪种不值得。意义只不过是恐惧无意义而产生的说辞，用来向他人证明自己做某件事、度过某段时光是有价值的。

我现在反而不再能感受到那种因为"充满意义"而做事的快乐了。我们很多认为"充满意义"的事情，是否也是在他人身上投射自己的想象。有没有可能，关怀底层有时只是写作者自我感觉良好，宣扬正义只是一种膨胀的自我感动，科普大众也不过是换一种方式崇拜权威。我们为作为工作的写作赋予了相当多价值感，也因此让新媒体作为职业存续下来。因为有这样被赋予的价值，很多人即便困惑也说服自己留了下来。

但这只是修辞。它用一个遥远且宏大的目标，代替了我们当下的感受。它可以轻易用一套说辞，让我们怀疑并否定自己的感受。感受一旦消失，思考就会变得离地且不真实。"意义感"可以让我们用一套标准相信什么是重要的，但对于个人而言，真的如此吗？

我现在希望去做那些在没有想清楚有什么意义，或者干脆没有想过有什么意义时，我就想做的事。比如写作。比如晒太阳。

过去我也常常将钱作为问题的答案，比如回到老家时，听大家讲起谁的孩子又赚了大钱给父母买了哪里的房子，我也会觉得自己是不是太飘着了，是不是因为我有特权所以才天天思考这些没用玩意，老实工作不好吗？

但我现在也不再这么想了。正视生活是要求我们看到生活的复杂性，没有一个答案能让我们解决生活所有的困难。钱被当作对所有问题最轻松的解答，这跟我们将增长、流量作为唯一的解答又有什么区别？在这唯一的解答之外，我们对生活还能拥有什么样的想象力？

电影《舞台春秋》里，卓别林扮演的角色说，小时候因为穷买不起玩具，父亲告诉他，创造力就是最好的玩具。

我们诚然可以购买最好的相机、最昂贵的玩具，但为此奔波的生活是不是我们想要的？只有正视生活的复杂，我们才能一一划掉写在答卷上的答案，承认生活没有唯一的解答。

后记

写作是未完成的行动

　　2022 年 2 月刚刚离职的时候，我就开始写这本书的大纲。当时我采访了两位前同事和一位同行，他们回应了这本书前半部分的主题：为什么做这个行业，为什么不想再继续。社交媒体也保留了我当时的情绪，只要一上班，我就会发很多痛骂工作的广播。这些广播里的想法被我融进了大纲。为了显得自己更"有理有据"，我用两三个月的时间读书，看资料，为自己找了一些理论依据，写了一版大纲。

　　那版大纲近乎一篇"檄文"，控诉我在互联网工作中的所有遭遇。当时我的批判重点还在"大厂"上，也许是受到当时流行的几篇关于大厂的新媒体文章影响，我写了大厂是怎样一个追求绩效、管理任务繁重的地方。在那里工作只有不断叠加的任务，并不能真正带来创新、价值和意义。

写完第一版大纲后，我感觉不太对劲。太过歇斯底里的控诉反倒让我感到不安。我没有底气说自己真的了解它。有没有可能只是我无法适应那里的规则呢？有没有可能它确实创造了一些价值，只是我选择不去看见呢？也是因为在新媒体工作太久，我对太过情绪化、太有煽动性的表达始终有些警惕。我担心自己是想刻意说让人信服的话，而没有做到诚实。

于是，我停了下来，没有继续写这本书。我那时候想着，也许这就像我写过无数个开头的文章一样，只是有了个想法，我未必真的能写下去。虽然对自己略感失望，但由于这是我的本性，那也没有办法。

我不再工作，而是给生活安排了其他目标。我确信，工作对我的攫取远多于滋养，在这段工作中，我几乎没有什么机会深入培养某一技能、爱好，或者仅仅是对某一话题的关注。所以我希望不工作的时间可以用来"提升自我"，多学点东西，而不只是输出。

这个过程当然非常有趣，也让自己感到踏实。我花了很多时间学英语，考过了雅思。说来也很讽刺，英语其实算是我们的工作语言，我们经常要读大量外文文献，按理说能力应该提升很多。但实际情况是，靠自己一点点地读根本读不了那么快，最后全是依靠翻译软件快速读完论文。英语能力丝毫未有长进，甚至更差了。快节奏的工作让我本能地选择最容易的方式，任由自己的技能退步。

疫情管控取消后，我又学会了开车、游泳，自驾去了云南和山东。当我玩了一圈回来之后，我发现自己还是不想工作。只要想到坐在办公室里，我就会感觉难受。不仅身体已经不受控制地想到处晃悠，理智上也无法接受自己坐在办公室里消磨时间了。只要不能自由控制自己的时间，必须遵守一套职场规范，我就会觉得无法忍受。

我仍然想给自己找一些事情做。也许我仍然没有放弃对"产出"的追求。我想起了这部书稿，虽然只有一个大纲，但我也许还能继续往下写写。

离职一年多后，我对原本工作的"仇恨"已经消散了。刚离职时我跟别人聊起工作，还是攻击性的情绪居多。但实际上，我对领导和同事的怨言在远离他们之后，很快地消失了。我甚至觉得他们很多人都很不错。情绪是对当下境遇的本能反应。再过一年回头再看时，我意识到，在一个齿轮咬合无比精确的地方工作，只有特定的人才能留下来，留下来的人最终也会被塑造成特定的样子。

所以在 2023 年 4 月，我又开始找人采访。采访对象都是我的同事，我联系他们的时候尚有几人在职，当我完成这本书的时候，他们全都离职了。同事给了我很多关于工作不同的看法，我明白我们对这份工作的期待是不一致的。

我将太多自己对于未来的焦虑投射到这份工作中，我的痛苦不仅是因为当下要做很多工作，还因为在这份工作中看不到未来。如果我不想成为管理者或者熟练的大厂职工，我在这里几乎无路可走。我始终将自己定位成一个要写作的人，这是我在这里痛苦的原因之一。但其他同事并不是这样。伍志一直觉得在这里可以做各种不一样的事情很好，他想要锻炼自己项目管理的能力，以后可以做更大的项目。他离职的原因是因为这里工作太多了，他裸辞后周游了几个月。何安离职去了薪资更高的地方，但她说工资并不是跳槽的原因，她离开是因为觉得在这里得不到重视，跟领导有太多的争吵和消耗。江洋平薪跳槽去了另一家新媒体机构，在那里她也要加班，但整体感觉仍旧快乐，因为新公司表现出最高的愿望，是做好故事，而不是别的。领导会陪着她一起修改文章，而不是将工作扔给她。

但我当时并未意识到，我对他们的采访只是为了印证自己预先的猜测，即互联网是一个无情的生产线，在这里的人各有各的痛苦。

我觉得这是我在新媒体写作中留下的毛病。我接近采访对象，并非要在交流中理解彼此，而是急切地从对方那里得到故事，好印证我在一开始定下选题时就已经想好的角度。采访得来的素材会经过筛选呈现，我自然有办法让它呈现出"你看，我说的没错吧"这种效果。

仅仅是故事还不够，故事不是最有信服力的证词。于是在采访完，我觉得有了"故事素材"之后，就又开始读书，试图从书中找到最有力的理论证明，证明我所说的问题都是真的。

开始大量阅读后，这本书的写作就又搁置了下来。首先，我把时间都花在了阅读上，没有时间写了。其次，我不知道应该怎样写了。各种理论太多了，我把论点论据都粘贴进文档里，直到把大纲淹没，把采访淹没。我没法再写下去，因为我不知道我要说什么，我要站在什么样的角度，说谁的声音。

过往的经历，无论是辩论还是新媒体写作，都给我留下很深的思维惯性——我太在意观点了。所有为写作付出的努力，要么是为了提出观点，要么是为了证明观点。我总是在焦虑自己该对事情提出怎样的观点，怎样才不会被骂"太蠢""太幼稚""太天真"。我觉得上多了互联网，就会更在意观点而不是感受。

写作变成了一种证明自我的行为。比如我写工作是一个无情的机器，来证明我感受到痛苦是正当的。有 100 个学者都关注了工作过劳，所以我没有说谎，诸如此类。我试图将自己塑造成一个无辜的人，好像只有这样我才能控诉工作，才能确认我的感受是真实的。

但那就是真实的。哪怕我证明不了，它也是真实的。

我第三次提笔继续写这本书，是在 2023 年 11 月。我想自己不能一直啥也不干，多少还是要学个手艺，于是开始考虑是学汽车维修还是室内设计。我突然想到，这些"学个实惠的手艺赚点钱"的想法，跟当初我高中报理科专业、工作后试图让自己学会"领导力"似乎是同一种思维的产物。我非常担心养活不了自己，以至于要不断投入某个确定的、有回报的产业。但是，如果赚钱的迫切程度没有那么高，我又能接受非常低物欲的生活，为什么不能在享乐上放纵一些呢——写作会让我快乐，不为工作的写作就是一种放纵的享乐。

我又想起了这本书。我想把它写完。那样至少能说明，我能写完一本书，而不只是在口头上说说。那样也能真正探索写作的乐趣，而不只是有个写作的想法。更何况，我对做什么工作的思索仍旧没有停下来，写作也许能帮我理清思路。

让自己开始写作最大的动力，也许是我在价值观上已经不再认为"创造"和"生产"是最重要的了。如果我始终认为生产是最重要的，我会想去写那些能换钱的东西，但如果我认为享乐更重要，我就会写我想写的、不一定能换钱的文字，不需要报了选题被确定后才能写。这是为了我自己高兴。

接下来的写作就变得容易了。我几乎是以每天3000—5000字的速度，把前面六七章的内容很快写完了。一开始很顺利，因为这些问题我已经想过很久了。但越到后面就越难（我看其他的写作书，别人也经常写着写着写不下去了）。

对我来说，这个难可能在于，我发现写作是一种行动，写下某一话题就像打开花园的门，在你未写之时，只能在门口瞥见花园的一角。写作是要让自己真的走入花园，走入未知之境，在写之前，你其实不知道思考会将你引向何方，花园的尽头又在哪里。从这个意义上说，写作是无法完成的行动，只要我们愿意，就能一直向未知走去。

这是新媒体跟写作的天然矛盾，媒体强调对事情的观点和答案，而写作要去往没有答案的地方。

行动的另一面是，批判不能只指向别人，也要回望自己。如果批判不能落到对自身的反思上，它无法改变任何现状——因为连批判者自己都不行动。

当我开始思考写作，思考新媒体写作过程中的粗暴、自大时，我发现自己在写作这本书的时候同样不可避免。

我批评新媒体将叙事包装成客观事实，让读者不假思索地相信他们的写作，但我其实在某些章节的写作中也试图将个人"观察"展示为上帝视角的"客观"。我不满将采访对象的话作为个人观点的证词，不去听他们自己的声音，但我的写作中就是这样呈现采访对象的，我直到写完这本书时才意识到。

于是我又返回前面的书稿修改。我改了一些，但距离自己的想法还是差得有些远，也许是因为批判的眼光总是高于行动的能力，我想修改时发现，有些问题自己其实没法很好地用文字驾驭，我想呈现的内容也超出了我在当下写作的能力。这让我确信行动是多么宝贵的一件事，它至少让人不必沉湎在批判他人的自负中。

写作——这个具体的动作／行动告诉我一件事：写作并非终点处得到的答案，而是当下生命体验与思考的反映。同样是写工作几年内的经历，我刚开始写与两年后再写时，由于情感已经发生了变化，写作的内容也同样发生变化。哪怕在同一时期，我在兴奋和迷茫、早起或晚睡时写下的内容也是不一样的。写作是对当下情感与思考片段的捕捉，既不总结过去，也不引领未来。

正是在这种写作过程中，我才能确信，作品是个人的、局限的。写作不能脱离作者的个人经历和背景。新媒体已经向我们展示了这种恶果：作者可以写任何立场的内容，读者无从知晓他们的偏见和目的。

但我实际也未曾在书写中展示我的偏见可能源自何方。再回看前面所写的内容，我仍然确信它是真实的。但"真实"只是对于"我"而言，而我之所以会认为写作比一份新媒体工作更重要，也可能是因为我 29 岁，消费欲低，有少量存款，离家远，没孩子。（但也请不要说：看，这样的人才能写作。个体不负责提供任何普遍性的观察与规律。）

我的人际圈很多都建立在网上，所以我渴望真实与线下的接触。在书中我也总是提到真实生活的重要。但也许长期住在人际关系密切的社区的人会渴望边界，会拥抱互联网关系。这就是写作的局限。

如果我 22 岁，我也许仍然会选择一份新媒体的工作，这仍然是我在那个阶段能找到最好的工作之一。

它能够给我充足的生存安全感，这份安全感也是我能平稳度过不安年代的原因。我不再认同这份工作的价值，但我也并不否认它对22岁的我而言的意义。

我对新媒体的不满还在于，我不喜欢媒体那种审视他人的视角。在放弃对结构性问题的追问后，新媒体写作变成了对个人生活无休止的打量与窥探。作者可以从写作中隐身，却事无巨细地展示别人的生活。对他人生活细节的披露，无论其出发点如何，都可能变成谈资，每一个细节都可以被读者拿来投射自己的情感，或随意批判。如果我们写的是虚构，我甚至在情感上都更能接受，但偏偏每一个被写作的对象都是真实的人。

过去，我习得这种写作方式，从来不会在写作中暴露自己的身份和经历。我尤其不愿意让人猜出我的年龄，不然读者就会知道，给他们指点人生的爆款作者其实不过是二十出头的年轻人。在一开始写作本书时，我也有这样的顾虑。我知道一旦我展示了任何标签，读者也会用同样的标签审视我，在我身上投射他们的焦虑或不安。不暴露自己的信息是一种安全考虑。

但现在我不这么想了。只展露别人而不暴露自己是一种特权和窥探。写作诚然是个人表达，但决定写什么、不写什么，本来就是作者才有的权力。这种因暴露自己而感受到的不安是必要的，这样我至少能知道，在写下他人时，对方可能会有怎样的顾虑或不安。尤其是在互联网时代，一件小事也可能被极度放大，再小的负面评论，乘以上百上千人时，也会变成伤害的力量。

面对这样的网络时，诚实的书写是基本的自觉。我不想声称自己已然知晓了什么。我们已知的远不如未知的多，通过已知信息去下判断非常容易，但那不是事情的全部。作者和读者都应该明白，我们看到的故事，只是一个人生活的切面，只看见一滴水的人无法判断大海。

我想要提醒读者，本书所有文字都只是我通过个人的逻辑判断总结出的一套叙事。它代表我对事情的看法，背后有我个人的经历、情感、价值观。它无法代表他人的声音，也不具备为他人提建议的功能。假若未来别人提起这本书时将主体概括为"互联网员工""爆款制作者"，我想事先提醒这不是我身份的全部，而我也不是这些群体的代表，他人或许会有和我完全不同的声音。我们都有各自的叙事，各自讲一个故事。这样的说辞不是为了对自己写下的文字免责，而是再一次提醒自己写作是如此局限又无意义的事情，它没有宏大的效用，只为自己的经历负责。个人的声音也并不因为仅仅是个人的，就不值得倾听。在这个基础上如果我仍然想写，我会要求自己诚实。

所有书写都无法替代真实的生活。无论他人的经验被总结成何种叙事，给出何种建议，都不能阻止人们真实地经历、犯错、受挫、领悟。这也是书写无意义的原因。不必遗憾人类总在"重蹈覆辙"，重复前人走过的泥泞未必就不能有新的智慧，相信前人的指引也有可能带来新的危机。写作也不能消除无知。